AF186781

Die Taunus-Ermittler Band 9 –

Rhodos, Mord inklusive

Gabriele und Jürgen Jost

Die Taunus-Ermittler 9 –
Rhodos, Mord inklusive

Kriminalroman

Bibliografische Information der Deutschen Nationalbibliothek:
Die Deutsche Nationalbibliothek verzeichnet diese Publikation in der
Deutschen Nationalbibliografie;
detaillierte bibliografische Daten sind im Internet über
http://dnb.d-nb.de abrufbar.

© 2018 Gabriele und Jürgen Jost
Satz, Umschlaggestaltung, Herstellung und Verlag:
BoD – Books on Demand
ISBN: 978-3-7460-2666-4

1.

Geschafft, dachte Verena Weimershaus, als sie nach dreieinhalb Stunden wieder festen Boden unter den Füßen hatte. So gern sie auch mit dem Flugzeug verreiste, war ihr doch immer etwas mulmig, sobald die Maschine abhob. Aber sie waren kaum gelandet, und alles war vergessen. Sie kämpfte sich mit den quengelnden Zwillingen an den Händen durch die zu der Jahreszeit nicht ganz so überfüllten Gänge, die zur Kofferausgabe führten. Dort war es zurzeit allerdings sehr voll, da innerhalb weniger Minuten gleich vier Maschinen gelandet waren.

Ihr Mann Stefan, der sich mit dem Handgepäck abmühte, sah sich bereits um, wo er den besten freien Platz am Rollband ergattern konnte. Während ihm Verena mit Alina und Anina zu folgen versuchte, drängte sich eine Frau energisch an ihnen vorbei und verschaffte sich Platz, indem sie Verena ihren Ellenbogen in die Seite rammte.

»Sorry«, sagte sie kurz, und es klang so, als hätte sie viel lieber »Aus dem Weg« gesagt.

Verena sah ihr nach, wie sie sich weiter durch das Gedränge kämpfte, aber da sich ihr eigener erster Koffer bereits anschickte, eine zweite Runde auf dem Rollband zu drehen, hatte sie den kleinen Zwischenfall schnell vergessen.

Die Frau lief etwas abseits des Gedränges in der Halle auf und ab. Sie hatte ihr Handy am Ohr, auf dem sie gerade hastig eine Nummer gewählt hatte, und schien ungeduldig zu warten.

»Hallo, Schatz, ich bin's, Ilona«, sagte sie dann – ihre Stimme klang zuckersüß, aber ihr Gesichtsausdruck sah genervt aus, während sie lauschte.

»Ja, Robby, alles so wie verabredet«, sagte sie dann. »Ich kann nicht lange reden, mein Mann, der Trottel, glaubt, ich wäre auf der Toilette. Wir sehen uns in drei Tagen.«

Dann legte sie auf, atmete tief durch und begab sich zu den Rollbändern zurück.

»Mensch, toll sieht das alles hier aus«, staunte Verena, als sie am nächsten Morgen nach dem Frühstück in Richtung Pool unterwegs waren. »Ich hatte das nicht halb so schön in Erinnerung, und damals war es schon super.«

»Ja, sie scheinen in der Zwischenzeit noch mal alles ausgebaut zu haben«, meinte Stefan, der die Badetaschen trug, da Verena alle Hände voll damit zu tun hatte, die quirligen Zwillinge am Wegrennen zu hindern. Ihre Spielsachen durften die Kleinen, die inzwischen viereinhalb Jahre alt waren, selbst tragen, denn jede hatte eigens für diesen Urlaub einen kleinen Rucksack bekommen, den sie auch selbst packen durften und für den sie verantwortlich waren.

Am flachen Einstieg in das Schwimmbecken angekommen, wollten die Zwillinge sich gleich ins kühle Nass stürzen, aber ihre Mutter hielt sie zurück: »Ihr habt gerade erst gefrühstückt, da müsst ihr schon noch eine Viertelstunde warten. Wir suchen uns jetzt erst einmal Liegestühle, das wird um die Zeit gar nicht so einfach sein.«

Sie hatten Glück, denn sie fanden kurz darauf zwei freie

Liegen, die nebeneinanderstanden. Verena setzte sich auf eine, half ihren Töchtern beim Ausziehen ihrer Kleidchen und cremte sie gründlich ein. Dann setzte sie ihnen ihre Sonnenhütchen auf.

»Gehen wir jetzt endlich ins Wasser?«, quengelte Alina, und Anina stimmte ein: »Ja, los, auf!«

»Gleich, sobald ich auch fertig bin«, antwortete Verena, während Stefan den Camcorder einschaltete, um die tolle Hotelanlage aufzunehmen.

Es ist wirklich noch schöner als beim letzten Mal, dachte er. Aber vielleicht kam ihm das auch nur so vor, weil er und Verena seitdem neun Jahre älter und viel ruhiger geworden waren, sodass sie es jetzt einfach mehr genießen konnten.

Mitten im Gedanken holten ihn seine Zwillingstöchter recht unsanft in die Realität zurück.

Alina zwickte ihn in die Seite, und Anina rief: »Papa, komm jetzt endlich ins Wasser!«

»Also gut, wer von euch ist zuerst drin?« fragte er in die Runde und sah seine Frau lächelnd an, während die Mädchen dem Pool entgegenrannten.

»Langsam, ihr beiden!«, rief Verena ihnen hinterher und legte die Handtücher noch rasch auf die Liegestühle. Dann beeilte sie sich, zu den anderen ins kühle Nass zu kommen, wo Stefan mit seinen Töchtern bereits Wasserball spielte.

Nach einer Weile sagte er: »So, spielt ihr drei einen Moment allein weiter, ich will jetzt eine Runde schwimmen.«

»Kannst du das denn, Papa?«, fragte Alina frech, und ihr Vater antwortete grinsend: »Glaub schon, wenn ich es nicht verlernt habe.«

Dann ließ er sich ins Wasser gleiten und durchschwamm das riesige Becken mit kräftigen Zügen. Als er sich auf den Rücken drehte, um zurückzuschwimmen, ließ er sich erst einmal im Wasser treiben, seine Gedanken schweiften nach Deutschland zurück, und er dachte an sein Elternhaus.

Er war so froh, dass es seinem Vater nach dem zweiten Herzinfarkt wieder besser ging und dass dieser nun auch endlich eingesehen zu haben schien, dass er kürzertreten musste. Beim ersten Mal hatte diese Erkenntnis ja nicht allzu lange angehalten. Die Idee, seinem Bruder Dirk einen erfahrenen Assistenten zur Seite zu stellen und ihm ansonsten freie Hand bei der Leitung ihrer kleinen Bäckereikette zu lassen, war Gold wert. Prompt hatten die beiden, während Papa in der Reha war, es geschafft, eine neunte Filiale zu eröffnen. Ob es allerdings klug war, so zu tun, als ob er auch weiterhin alle Entscheidungen träfe, wagte Stefan zu bezweifeln. Dann versuchte er aber, die Gedanken an die Situation zu Hause zu verdrängen und abzuschalten. Schließlich waren sie im Urlaub. Ab übermorgen zusammen mit Peter und seiner Familie.

Als sie eine gute halbe Stunde später wieder zu ihren Liegen zurückkehrten, war im gesamten Poolbereich keine einzige freie mehr zu finden. Eigentlich hatten sie gehofft, von irgendwo noch eine einzelne für die Kleinen holen zu können, aber nun musste es eben so gehen. Da Stefan schon seit einigen Minuten unentwegt gähnte, überließ Verena ihrem Mann die eine Liege und die andere den Zwillingen, die sich, kaum abgetrocknet, sofort auf ihre Malbücher stürzten. Sie selbst nahm auf der Kante dieser Liege Platz und ließ sich auf ein Gespräch mit ihrer Nachbarin ein. Leider stellte sich die gertenschlanke, wasserstoffblonde Frau als echte Quasselstrippe heraus, sodass Verena innerhalb weniger Minuten mehr über sie wusste, als ihr lieb war. Zugleich versuchte die Frau, Verena fortwährend auszufragen, die blieb jedoch reserviert.

Noch während die Nachbarin plapperte, steuerte ein nicht allzu groß gewachsener, gutaussehender Mann ihren Liegestuhl an und sagte fast schon unterwürfig: »Hier hast du deinen eisgekühlten Orangensaft, Ilona.«

»Danke, mein Schatz«, flötete die Frau so zuckersüß, dass es Verena vor so viel scheinheiliger und offensichtlich gekünstelter Zärtlichkeit fast übel wurde.

»Alex, stell dir doch mal vor, unsere Nachbarn hier kommen aus unserer Gegend«, fuhr Ilona fort, und ihr Mann, dem die aufgekratzte, sich anderen anbiedernde Art seiner Frau sichtlich auf die Nerven ging, schickte mehr pflichtschuldig als interessiert hinterher: »Sie sind also auch aus Frankfurt?«

Stefan, der schon im Halbschlaf noch Teile des Gesprächs aufgeschnappt hatte, setzte sich auf und gab ein lautes Räuspern von sich. Als sich Verena zu ihm umdrehte, schüttelte er kurz und kaum merklich den Kopf.

Inzwischen hatte Ilona zum wiederholten Male erzählt, dass sie aus Lorsbach kämen. »Kennen Sie den Ort?«

»Davon habe ich schon läuten hören«, sagte Stefan, und bevor Verena etwas sagen konnte, fügte er hinzu: »Kommt, wir gehen ins Wasser.«

Das ließen die Zwillinge sich nicht zweimal sagen. Jauchzend stürmten sie an den Erwachsenen vorbei dem flachen Pooleinstieg entgegen.

»Halt, wir kommen auch mit!«, rief Stefan ihnen hinterher und eilte seinen Kindern nach.

Verena blieb nichts anderes übrig, als, so schnell es ihre Flip-Flops zuließen, in die gleiche Richtung zu laufen.

Alex und Ilona Stürmer blieben verwundert zurück. »So was Unhöfliches habe ich ja noch nie erlebt«, meinte Ilona.

»Diese Leute sind nicht unser Niveau und die Kinder nervige kleine Rabauken. Kein Wunder, bei so unzivilisierten Eltern …«

Dann trank sie ihren Orangensaft aus und drehte sich auf der Liege.

Nicht einmal zwei Minuten später sprang sie auf und fragte ihren Mann, der sich gerade hingelegt hatte: »Ich gehe jetzt erst mal an den Strand, kommst du mit?«

Als er nicht gleich Antwort gab und stattdessen stumm in ihre Richtung blickte, sagte sie ziemlich aggressiv: »Na, dann eben nicht«, und zog ab.

Alex blieb noch eine Weile liegen und sah seiner Frau nach, die sich leichtfüßig und völlig unbekümmert entfernte.

Er fragte sich, was Ilona eigentlich wollte. Im Großen und Ganzen waren die Kleinen doch reizende Kinder, und ihren Eltern konnte man wirklich nicht verdenken, dass sie bei der Ausfragerei seiner Frau die Flucht ergriffen. Damit ging sie sogar ihm auf die Nerven. Oje – das sollte eigentlich ihr Versöhnungsurlaub werden. Was würde da noch alles kommen, wenn das jetzt schon so anfing?

Stefan, Verena und die Zwillinge hatten auf Rhodos schon zwei Tage Urlaub vom Feinsten hinter sich, als im fernen Deutschland Peter Stettner, seine Lebensgefährtin Annika Fahrwaldt und ihr Sohn Sven am späten Nachmittag den Ferienflieger nach Rhodos bestiegen. Annika hoffte inständig, dass Peter ihr endlich einen Antrag machte, aber er schien immer wieder Gelegenheiten zu finden sich zu drücken. Erst zwei Tage vor ihrem Abflug hatte Annika einen geruhsamen Abend zu Hause geplant, um das Thema ganz vorsichtig zur Sprache zu bringen. Aber Peter hatte nichts

Besseres zu tun, als an diesem Nachmittag sein Auto zu Schrott zu fahren, sodass er bis kurz vorm Abflug mit Laufereien und Telefonaten beschäftigt und an ein derartiges Gespräch nicht zu denken war.

Sven schaute sich staunend in dem Flieger um, nachdem er es sich auf seinem Sitz gemütlich gemacht hatte. Es war das erste Mal, dass er ganz bewusst einen Flug miterlebte; seit er als Kleinkind mit seinen Eltern Annika und Alfred Fahrwaldt[1] von Mallorca nach Deutschland übergesiedelt war, hatte er in keinem Flugzeug mehr gesessen. »Erstaunlich!«, sagte er.

»Erstaunlich? Was meinst du?«, wollte Peter wissen, der sich vergeblich mit seinem Gurt abmühte.

»Eine tonnenschwere Maschine mit so vielen Leuten darin, und trotzdem hebt sie so leichtfüßig ab. Außerdem faszinieren mich die Stewardessen.«

»Na, jetzt schlägt's aber dreizehn«, sagte Annika mit gespielter Entrüstung, »mein lieber Sohn fängt reichlich früh damit an.«

»Ach, Mami, so war das doch gar nicht gemeint. Ich finde ihre Uniformen so beeindruckend, und die der Piloten erst …«

»Ist ja schon gut, Sven«, sagte Peter beschwichtigend – es klang unwirscher, als er wollte, weil er noch immer genervt davon war, dass er seinen Gurt nicht schließen konnte.

»Warten Sie, ich helfe Ihnen«, bot eine Stewardess, die gerade vorbeikam, an. Nach einem kurzen Blick auf Peters Bauchumfang sagte sie: »So wird das nichts, da brauchen Sie einen Verlängerungsgurt. Ich bin gleich zurück.«

---

1   Vgl. Die Taunus-Ermittler Band 3 – Endstation Linie 3.

»Das fängt ja heiter an«, frotzelte Annika, die längst angeschnallt war, »viel Spaß beim Fasten.«

»Gewiss nicht im Urlaub, den Gefallen tu ich dir nicht.«

Dreieinhalb Stunden später war die Maschine auf Rhodos gelandet und Peter, Annika und Sven auf dem Weg zur Gepäckausgabe. Auf dem recht übersichtlichen Inselflughafen hatten sie schon bald das richtige Rollband gefunden. Nur wenige Augenblicke später setzte es sich auch schon in Bewegung, und die ersten Gepäckstücke kamen zum Vorschein.

»Gleich kommen unsere Koffer«, sagte Sven erwartungsvoll, und Annika dachte: Freu dich bloß nicht zu früh; wenn wir Pech haben, kommen unsere ganz zum Schluss.

Mittlerweile herrschte ziemliches Gedränge am Band.

»Kannst du mal meine Tasche kurz halten, Peter?«, fragte Sven, der gerade sein neues Smartphone zückte, das er eigens für diesen Urlaub als verfrühtes Geburtstagsgeschenk bekommen hatte.

Gerade als Sven auf den Auslöser drückte, um seine Mutter zu fotografieren, drängte sich ein strohblonder Hüne vor die Linse. Der stämmige, bestimmt zweieinhalb Zentner schwere Mann riss mit einem kräftigen Ruck einen hellblauen Koffer vom Band und ließ ihn direkt auf Annikas Fuß knallen.

»Autsch, geht's nicht auch ein bisschen vorsichtiger?«

»Keine Zeit, ich muss zu meinem Bus.«

»Die anderen Reisenden auch, Sie Rüpel«, sagte Annika verärgert, aber der Mann hörte es schon nicht mehr.

Es war schon kurz nach Mitternacht, als der Bus vor ihrem Hotel hielt. Mit ihnen stiegen noch einige andere Reisende aus, aber dafür hatten Peter und seine Familie keinen Blick, als sie hundemüde ihre Koffer in Empfang nahmen und in Richtung Rezeption schlurften. Der nahezu akzentfrei deutschsprechende Nachtportier übergab ihnen ihre Chipkarte und winkte einen Pagen herbei, der die drei zu ihrem Apartment abseits des Haupthauses bringen sollte, ein Reihenbungalow, von dem es auf der weitläufigen Anlage weit über hundert gab und die in Terrassen, zum Meer hinabfallend, angeordnet waren.

»Die Formalitäten erledigen wir morgen, schlafen Sie sich erst einmal richtig aus.«

»Danke, doch eine Frage. Wo bekommen wir um die Zeit noch etwas zu essen? Wir haben mächtigen Hunger und Durst.«

»Kein Problem, ich lasse Ihnen etwas ins Zimmer bringen.«

»Vielen Dank«, sagte Annika und konnte ein Gähnen nicht mehr unterdrücken.

»Ja«, sagte der freundliche Mann von der Rezeption lächelnd, »der Anreisetag ist immer etwas stressig mit der vielen Warterei auf dem Flughafen.«

Der Mann, den Annika auf dem Flughafen als Rüpel bezeichnet hatte, war im selben Hotel abgestiegen und hatte nur wenig später als Peter mit seiner Familie sein Apartment bezogen. Er war sofort zu Bett gegangen, aber an Schlaf war überhaupt nicht zu denken, denn ihm ging so einiges durch den Kopf. Obwohl er hundemüde war, dachte er an seine Freundin, die hier im Hotel mit ihrem Mann Urlaub machte und ihn ebenfalls dabeihaben wollte. Sie hatte ihm die Reise, die er sich im Moment gar nicht hätte leisten können, sogar finanziert.

Dass dies kein normaler Urlaub werden sollte, war ihm schon seit einiger Zeit klar, aber immer, wenn er sie danach gefragt hatte, war sie ihm ausgewichen. Sie führte etwas im Schilde, aber was? Er hasste es, von ihr immer wieder hingehalten zu werden, und ertappte sich doch stets dabei ihren Wünschen zu folgen.

Erst in den frühen Morgenstunden übermannte ihn der Schlaf, und als nur wenige Stunden später sein Wecker unerbittlich zu läuten begann, musste er sich erst einmal zurechtfinden, so tief hatte er geschlafen.

Eine Dusche und dann ein ausgiebiges Frühstück, das war genau das, was er jetzt brauchte.

Nicht einmal eine Viertelstunde später war er bereits auf dem Weg ins Hauptgebäude zum Speisesaal.

Auch Peter, Annika und Sven waren voller Vorfreude in den neuen Tag gestartet und ebenfalls auf dem Weg über die Hotelanlage hin zum Speisesaal.

»Mensch, sieht das hier toll aus«, schwärmte Annika. »Da hat uns Verena wirklich nicht zu viel versprochen. Als ich heute Nacht die schmucklose Fassade des Hotels sah, dachte ich noch: Oje … aber jetzt …«

»Geht mir genauso«, stimmte ihr Peter zu, während Sven meinte: »In der Nacht war ich einfach nur noch müde. Ich habe sowieso nichts mitbekommen.«

Dann blieben die drei kurz stehen und ließen ihren Blick über die riesige Anlage mit dem schönen Pool, der Liegewiese mit dem satten grünen Gras und der hübschen Poolbar schweifen, bis Peter sagte: »So, jetzt aber los, wir sind schon sehr spät dran, sonst bekommen wir nichts mehr zum Frühstück.«

Ungefähr eine halbe Stunde später traten sie durch die Terrassentür am rückwärtigen Ende des Speisesaals ins Freie. Es gab dort ziemliches Gedränge, da gleichzeitig mit ihnen der halbe Saal nach draußen strebte, um die besten Liegen am Pool zu erhaschen. In dem Pulk schob sich ein großer, kräftiger Mann rücksichtslos nach draußen und versetzte Annika einen Stoß in den Rücken, der sie nach vorn stolpern ließ. Peter und Sven konnten Annika noch gerade so festhalten, und als sie sich umblickten, wer da so rüpelhaft zu Werke ging, war der Mann bereits verschwunden.

»Leute gibt's«, kommentierte Annika so kurz wie bissig.

»Nicht aufregen, wir sind im Urlaub«, meinte Peter.

»Kommt ihr jetzt endlich?«, rief Sven laut, der bereits bis zu der kleinen Brücke vorgerannt war, die an der schmalsten Stelle des Swimmingpools auf die andere Seite des Beckens führte.

»Wir sind schon unterwegs!«, rief Annika ihm zu.

»Warum denn so eilig?«, brummte Peter. »Ich sagte, wir sind im Urlaub – und nicht auf der Flucht.«

»Guckt doch mal, wie die Leute sich auf die Liegen stürzen. Wenn wir uns nicht beeilen, bekommen wir keine mehr«, sagte Sven und rannte, gerade als sie ihn eingeholt hatten, weiter voraus. Schon nach kurzer Zeit hatte er drei freie nebeneinander gefunden.

Bis Peter und seine Mutter bei ihm waren, hatte er bereits T-Shirt und Shorts ausgezogen und wollte an ihnen vorbei zum Pool rennen, aber Annika hielt ihn zurück: »Moment mal, junger Mann, wir haben gerade erst gefrühstückt, da geht's nicht gleich ins Wasser. Ich schlage vor, wir machen erst einmal einen Rundgang um die Anlage.«

»Entschuldigen Sie, wenn ich mich einmische«, sprach die Frau auf der Liege neben ihnen Annika an, »aber den

Fehler haben mein Mann und ich auch schon gemacht. Wenn Sie jetzt zu einem Rundgang starten, kommt Ihr Sohn vor heute Nachmittag um drei nicht ins Wasser.«

»Danke, Frau … für den Hinweis.«

»Lorenz, Helene Lorenz. Sind Sie gerade erst angekommen?«

»Ja.«

»Dann lassen Sie sich Zeit, die Anlage läuft Ihnen nicht weg. Ich wünsche einen schönen Urlaub.«

»Danke, gleichfalls.«

Während die Poolnachbarin sich wieder ihrer Lektüre widmete, streckte Annika sich auf ihrer Liege aus. Nach nur wenigen Minuten war sie, noch immer erschöpft von der Anreise, fest eingeschlafen. So bekam sie nicht mit, wie Peter Sven zuzwinkerte und ihm ein Zeichen gab, dass er ins Wasser gehen könnte.

»Aber kein Wort zu Annika«, sagte er dazu verschwörerisch.

Unterdessen erfrischte sich der rüpelhafte Mann ebenfalls im Pool und hatte schon drei Bahnen durch das Becken gezogen, als er sich auf den Rücken drehte und voller Sehnsucht an seine Freundin dachte, die ganz in der Nähe sein musste, deren Mann aber nichts von ihm ahnte. Er musste sehr vorsichtig sein, wenn er mit ihr Kontakt aufnahm.

Vor allem aber musste er sich erst einmal ein bisschen erholen. Sie forderte ihn ganz schön, und das nicht nur im Bett. Irgendetwas hatte sie vor – wenn er nur wüsste was. Immer nur diese Andeutungen und nichts Konkretes … er spürte Groll in sich aufsteigen, wenn er darüber nachdachte. Sollte sie es doch ruhig sagen, wenn er ihrem Mann einmal ordentlich die Fresse polieren sollte, damit er in die Scheidung einwilligte.

Völlig in Gedanken versunken, knallte er mit dem Kopf plötzlich an etwas Hartes.

»Autsch«, rief er erschrocken und bemerkte, dass er mit einem der künstlichen Felsen, die an manchen Stellen den Beckenrand verzierten, zusammengestoßen war. Es handelte sich um riesige Pflanzenkübel mit Blumen und Palmen.

Er verlor erst einmal die Lust am Schwimmen, verließ den Pool und ging über die Liegewiese zur kleinen Treppe hinunter zum Strand. Er nahm sich eine freie Liege in der vordersten Reihe, legte sich darauf und war wenige Augenblicke später eingenickt. Er wurde erst wach, als er eine Hand auf seiner Schulter spürte, und fuhr hoch.

»Ach, du bist es«, sagte er, »hätte ich mir fast denken können.«

»Das klingt nicht so, als wärst du froh, mich zu sehen.«

»Doch, doch, aber dein Mann … wir sollten uns woanders treffen«, gab er vorsichtig zu bedenken, obwohl er sich mit jeder Faser nach ihrem Körper sehnte.

»Okay, heute Abend halb neun, am anderen Ende der Anlage«, sagte Ilona, lächelte ihn zärtlich an und fuhr ihm mit der Hand über die behaarte Brust, sodass ihm heiß und kalt wurde.

»Ich bin pünktlich.«

Alex Stürmer saß auf seiner Liege am Pool und wollte eigentlich eines der Bücher lesen, die er auf seinem E-Book-Reader mit in den Urlaub genommen hatte. Aber er kam nicht dazu, weil er sich wieder einmal über seine Frau ärgerte, die einige Minuten zuvor einfach aufgestanden und, ohne ein Wort zu sagen, weggegangen war. Zuerst hatte er geglaubt, sie wolle sich einen Drink an der Poolbar holen, aber als sie nach zehn Minuten immer noch nicht zurück war, wurde ihm klar, dass sie wieder einmal auf eigenen Pfaden wandelte wie so oft in letzter Zeit.

Er hatte längst erkannt, dass diese als Versöhnungsurlaub gedachte Reise wohl zum endgültigen Bruch zwischen ihnen führen würde. Am Vorabend waren sie wieder einmal so heftig in Streit geraten, dass sie bald getrennter Wege gegangen waren. Während er es sich auf der Terrasse der Hotelbar im ersten Stock bequem gemacht, zwei Gläser Wein getrunken hatte und dann zu Bett gegangen war, hatte es seine Frau vorgezogen, sich aufzubrezeln und auszugehen. Dass sie erst um halb vier in der Früh zurückgekommen war, ging ihm erst mit einiger Verspätung auf, und er durfte sich noch glücklich schätzen, dass sie nicht in einem fremden Bett erwacht war. Schließlich war ihr das im letzten Jahr schon zweimal passiert.

Es ärgerte ihn maßlos, dass sie das Geld mit vollen Händen zum Fenster hinauswarf, während er sich bemühte, es zusammenzuhalten, ohne geizig zu sein. Auch war ihm längst klar, dass sie ihn vermutlich nur geheiratet hatte, weil er eine gute Partie war. Liebe konnte eigentlich nie im Spiel gewesen sein.

Schließlich war er der Juniorchef der Gerald-Werke, einer Kleinmöbelfabrik mit annähernd einhundert Mitarbeitern. Dieses von seinem Großvater Gerald Stürmer gegründete Traditionsunternehmen bestand nun schon in der dritten Generation. Inzwischen leitete Alex die Firma fast vollständig allein, da »der Alte«, wie Ilona ihren Schwiegervater respektlos nannte, mit seinen dreiundsiebzig Lenzen längst an den Grenzen seiner Belastbarkeit angekommen war.

Die vielen Geschäftstermine, das Betreuen des Standes auf der Kölner Möbelmesse und die Holzeinkäufe, die ihn in früheren Jahren bis in die Vereinigten Staaten geführt hatten, hatten dem angeschlagenen Herzen des alten Mannes so sehr zugesetzt, dass er schon länger darüber nachdachte, sich zur Ruhe zu setzen.

Plötzlich packte Alex Stürmer eine unbändige Wut auf seine Frau, und er musste sich beherrschen, um nicht laut »Eigentlich sollte man dich abmurksen« zu brüllen.

Nachdem der Gedanke erst einmal gedacht war, verrauchte seine Wut allerdings schnell wieder, und seine Gedanken wanderten noch einmal zurück zu seinem Vater, der ihm einige Tage vor ihrem Abflug gesagt hatte, dass er eine schöne Feier für Alex' vierzigsten Geburtstag arrangieren wollte. Das Datum lag zwar noch innerhalb des Urlaubs, aber die Feier würde drei Tage nach seiner Rückkehr stattfinden. Und Martin Stürmer hatte angekündigt, dass er auf diesem Fest eine Überraschung für seinen Sohn hätte. Alex ahnte, was sein Vater vorhatte, war aber gar nicht begeistert davon und hoffte, dass er es noch verhindern konnte. Wohl wusste sein Vater, dass es um seine und Ilonas Ehe nicht zum Besten stand. Aber wie schlimm es wirklich war, ahnte der alte Mann nicht ansatzweise.

Am Poolrand ging es zu diesem Zeitpunkt lustig zu. Die Zwillinge bespritzten ihre Eltern so lange mit Wasser, bis Verena leicht verärgert sagte: »Hört bitte damit auf, ihr wisst, dass ich das nicht mag.«

»Aber es ist doch so schön«, entgegnete Alina, die Schlagfertigere der beiden, »und du brauchst dich heute Abend nicht zu waschen.«

»So was Freches aber auch«, sagte Verena grinsend. An

ihren Mann gewandt sagte sie: »Ich schwimme jetzt ein paar Bahnen, dann werde ich eine Runde um den Pool machen. Auch wenn Peter und Annika erst spät in der Nacht angekommen sind, irgendwann müssen die Schlafmützen doch mal ausgeschlafen haben.«

»Alles klar«, antwortete Stefan, »ich gehe mit den Kindern runter an den Strand. Vielleicht wollten die anderen zuerst das Meer sehen. Komm doch nach, falls du sie hier nicht findest.«

»Okay«, sagte Verena knapp, sprang vom Beckenrand ins Wasser und schwamm in Richtung der kleinen Brücke davon.

Verena zog einige Bahnen durch den Pool und beobachtete dabei aufmerksam Becken und Beckenrand. Aber von Peter, Annika und Sven war weit und breit nichts zu sehen. Nach einer Weile stieg sie aus dem Wasser und ging zur Poolbar, um sich etwas zu trinken zu kaufen.

Sie stand mit ihrem alkoholfreien Cocktail noch an der Theke, da spürte sie eine Hand auf dem Rücken, und sie fuhr erschrocken herum.

Aber gleich darauf entspannten sich ihre Züge. Sie rief freudestrahlend: »Mensch, Annika, schön, dass ihr da seid!«, und fiel ihrer Freundin um den Hals. »Wo sind denn mein Onkel und Sven?«

»Am Strand! Die beiden verstehen sich im Moment so gut wie noch nie. Wir sind eine richtige kleine Familie geworden.«

»Dann wird's aber auch Zeit, dass ihr beiden endlich heiratet. Ich will mal wieder so richtig abfeiern.«

»Wer weiß, wer weiß …«, sagte Annika vieldeutig und bestellte sich den gleichen Drink wie Verena.

Die beiden Frauen plauderten eine ganze Weile. Gerade

als sie beschlossen hatten, ihren Familien an den Strand zu folgen, kam Alex Stürmer an der Bar vorbei.

Als er Verena erblickte, blieb er stehen und fragte: »Ach, sind Sie heute auch allein am Pool?«

»Wie kommen Sie darauf?«, fragte Verena, und Annika ergänzte schnippisch: »Wenn Sie Anschluss suchen, sind Sie bei uns an der falschen Adresse. Vielleicht kümmern Sie sich besser um Ihre eigene Frau – falls Sie denn eine haben.«

»Wenn das so einfach wäre. Entschuldigung, ich wollte nicht unhöflich sein«, kam es ziemlich kläglich zurück, dann ging Alex Stürmer schnell weiter.

»Was war denn das für einer?«, fragte Annika belustigt.

»Ein Würstchen, das ziemlich unter der Fuchtel seiner Frau steht. Warte nur, bis du sie kennenlernst. Das wird bestimmt nicht allzu lange dauern. Sie ist eine Furie. Gestern Abend habe ich mitbekommen, wie sie ihn im Speisesaal vor versammelter Mannschaft zur Schnecke gemacht hat. Ich selbst hatte die Schnapsidee, mich mit ihr am Pool zu unterhalten. Sie hat mir ein Ohr abgekaut und mir neugierig Löcher in den Bauch gefragt, es war schwer erträglich.«

Sie begegneten Ilona Stürmer dann noch viel schneller als erwartet. Denn kaum hatten sie der Bar den Rücken gekehrt und wollten am Pool vorbei zur Strandtreppe, da kam sie ihnen entgegen.

»Pass auf, das ist sie«, flüsterte Verena noch, da wurde sie von ihr auch schon angesprochen: »Hallo, Frau … ach, jetzt ist mir glatt Ihr Name entfallen.«

Ohne eine Antwort abzuwarten, plapperte sie: »Sie heißen Müller, nicht wahr?«

Noch bevor Verena etwas sagen konnte, fragte Annika: »Und Sie Teufel, stimmt's?«

»Nein, Stürmer, Ilona Stürmer. Aber warum mischen …«

»Weil ich es nicht ausstehen kann, wie Sie meiner Freundin zusetzen. Nicht einmal im Urlaub hat man vor Leuten wie Ihnen seine Ruhe. Mir reichen schon die Nachbarn zu Hause, die ihre Nase ständig in Angelegenheiten stecken, die sie nichts angehen.«

Verena war verblüfft über Annikas heftige Reaktion, aber insgeheim auch ganz froh darüber.

»Ich stecke meine Nase nicht in …«, fuhr Ilona Stürmer auf und wollte lospoltern, aber das unterband Annika, indem sie sagte: »Nein, Sie wollen nur alles haarklein wissen. Aber da sind Sie bei uns an der falschen Adresse gelandet.«

»So ein Blödsinn, ich wollte nur einen angenehmen Umgangston pflegen«, sagte Ilona scharf, um dann völlig übergangslos in eine einschmeichelnde Stimmlage zu verfallen und zu fragen: »Aus Eppstein kommen Sie, nicht wahr?«

»Nein, aus Niederhöchstadt«, log Annika dreist und schickte eine Sekunde später hinterher: »Wenn Sie uns jetzt bitte entschuldigen würden, unsere Zeit hier ist zu kostbar, als dass wir sie mit Ihnen verschwenden.«

Während die beiden Frauen in Richtung Strand davongingen, blieb Ilona Stürmer einen Augenblick lang fassungslos und mit offenem Mund stehen, bevor sie ärgerlich murmelte: »So ein unkultiviertes Pack. Heutzutage muss man sich selbst in einem Viereinhalb-Sterne-Hotel mit solchen Leuten herumschlagen. Grauenhaft.«

Als die Familien Weimershaus und Stettner nach dem Abendessen dem Hotelausgang entgegenstrebten, kam Ilona Stürmer ihnen von dort entgegen. Sie warf ihnen einen verächtlichen Blick zu und eilte die Treppe hinunter zum Speisesaal. Suchend sah sie sich um und erblickte ihren Mann an einem Tisch in der Nähe des Terrassenausgangs.

Schnell und auch ein bisschen verärgert ging sie zu ihm hin und fragte vorwurfsvoll: »Gehen wir jetzt auch schon nicht mehr gemeinsam zum Essen?«

»Du bist es doch, die immer irgendwo herumgeistert. Du bist nie zu finden, wenn Essenszeit ist. Ich habe dich lange gesucht, aber nirgends gefunden. Dann musst du eben allein gehen.«

Ilona Stürmer drehte sich schnell um, damit ihr Mann nicht merkte, wie zornig sie war, und ging zum Büffet, um sich etwas zu essen zu holen. Dann setzte sie sich zu ihm, der bereits fast fertig war. Sie hatte sich wieder gesammelt.

»Was hast du heute Abend vor, Schatz?«, fragte sie scheinheilig, und wenn man sie so hörte, wäre man nie auf die Idee gekommen, dass sie innerlich noch immer vor Zorn bebte.

»Wahrscheinlich werde ich mir das Champions-League-Spiel ansehen. Aber das überleg ich mir noch. Und was machst du?«

»Mal sehen, aber wahrscheinlich gehe ich bummeln.«

Eine knappe Viertelstunde später traten sie gemeinsam auf die Hotelterrasse. Alex blieb stehen, sog genüsslich die Abendluft ein und sagte zu Ilona: »Na, dann viel Spaß bei deiner Shopping-Tour.« Dann schlug er die Richtung zu ihrem Apartment ein, das in der zweiten Strandreihe lag.

»Verdammt, das wäre eigentlich mein Weg gewesen«, fluchte Ilona leise, als er außer Hörweite war.

Deshalb setzte sie sich erst einmal auf eine Bank in der Nähe und wartete, bis sie sicher war, dass ihr Mann im Apartment verschwunden war und das Fußballspiel begonnen hatte.

Erst dann setzte auch sie ihren Weg fort, nahm aber den hinter den höher gelegenen Reihenbungalows, sodass ihr Mann sie unmöglich entdecken konnte, selbst wenn er noch draußen vor ihrem Apartment stehen sollte. Als sie am Ende der Anlage angekommen war, bog sie zum Meer hinunter ab, das an diesem Abend still und spiegelglatt vor ihr lag.

Schon von Weitem sah sie, dass ihr Freund unruhig am Strand hin und her ging, und im Schein des hellen Mondlichtes konnte man deutlich erkennen, dass er unentwegt auf seine Armbanduhr sah.

Als sie sich, von der Anlage aus nicht sichtbar, in den Sand gesetzt hatten und Ilona ihn erst einmal küssen wollte, sagte er vorwurfsvoll: »Wo bleibst du denn so lange, es ist fast neun Uhr!«

»Na und?«, erwiderte sie prompt. »Sonst muss ich immer auf dich warten.«

»So ist es nun auch wieder nicht«, antwortete der Mann eingeschnappt und fragte deshalb auch ein wenig direkter, als er es sonst getan hätte: »Was hast du vor, Ilona? Dass das kein normaler Urlaub werden soll, ist mir vollkommen klar.«

»Äh, ja …«, antwortete Ilona etwas verlegen. Sie hatte ihn noch nicht eingeweiht, weil sie noch immer nicht genau einschätzen konnte, wie er auf ihre Pläne reagieren würde.

»Willst du deinen Mann abmurksen?«, fragte der Mann mehr ins Blaue hinein, aber Ilona packte die Gelegenheit beim Schopf und sagte: »Nicht ich, sondern du.«

»Wie bitte?«

»Du träumst doch auch davon, nie mehr arbeiten zu müssen und dein Leben an der Seite einer reichen Frau zu verbringen, oder?«

»Ja, aber ...«

»Nichts aber. Dann musst du auch etwas dafür tun.«

»Ich kann doch nicht einfach zu ihm hingehen und ihm den Hals umdrehen ... dann haben die Bullen mich gleich.«

»Ein klein bisschen geschickter müssen wir es schon anstellen, du Dummerchen. Überlasse mir die Planung, und du wirst sehen.«

Er schluckte seinen aufkeimenden Ärger herunter und fragte so ruhig wie möglich:

»Hast du dir schon etwas überlegt?«

»Klar doch. Allerdings muss ich mich dazu erst mit meinem Mann aussöhnen, das wird ein schönes Stück Arbeit.«

»Willst du etwa mit ihm ...«

»Schlafen? Wenn es sein muss, auch das. Er will sich einen Wagen mieten und am Prasonisi-Strand den Sonnenuntergang ansehen. Ich muss ihn nur dazu bringen, dass wir den Ausflug machen. Du klaust ein Auto und folgst uns. Alles Weitere findet sich.«

»Ein schlichter Autounfall, einfach genial«, sagte der Mann und wunderte sich nicht eine Sekunde darüber, dass er gerade zugestimmt hatte, einen Mord zu begehen.

»So, und jetzt tu endlich, was du schon die ganze Zeit tun willst.«

Das ließ er sich nicht zweimal sagen.

2.

Am nächsten Vormittag lag der baumlange Kerl mit dem strohblonden Haar auf seinem Liegestuhl nur wenige Meter von den sanft an den Strand schlagenden Wellen entfernt und lauschte der Brandung. Er dachte daran zurück, wie er in der vergangenen Nacht seine Ilona am Strand lange und ausdauernd geliebt hatte. Prompt überkam ihn eine Woge der Wollust, und dass sie nun gemeinsame Pläne hegten, ihren Mann zu beseitigen, machte ihn noch schärfer. Er schloss die Augen zu schmalen Schlitzen und gab sich eine ganze Weile seinen Träumen hin, bis er einen Schatten bemerkte, der auf ihn fiel, während jemand vorüberging.

Er schreckte hoch und dachte: Verdammt, sie haben mich erwischt. Dann wurde ihm klar, dass noch gar nichts passiert war.

Auch wenn er, für ihn selbst unbegreiflich, Ilonas Plänen bedenkenlos zugestimmt hatte, so war er doch nervöser als je zuvor im Leben. Dass die Pläne schiefgehen könnten, war das eine. Das andere war ein Gedanke, der immer nur ganz kurz aufblitzte, bevor er ihn wieder verdrängte: dass sie ihn nur für ihre Zwecke benutzte. Dass er sich von ihr manipulieren ließ.

Er öffnete die Augen weit und richtete sich auf. Da sah er die Frau, die ihn so sehr betörte, nur wenige Meter von ihm entfernt am Wasser stehen, und kurz darauf begann sie ins Meer hineinzugehen. Dabei tat sie so, als kenne sie ihn nicht, und vermied es, zu ihm hinzusehen, obwohl sie ihn im Vorbeigehen erkannt haben musste.

Im ersten Impuls war er versucht, von hinten an sie heranzutreten und ihren Körper mit seinen starken Armen zu umfangen – doch das, sagte er sich gleich, wäre in der augenblicklichen Situation zu riskant. Stattdessen starrte er sehnsüchtig ihre Rückansicht an und ließ den Blick von ihren schmalen Schultern bis hinunter auf den viel zu knappen schwarzen Tanga gleiten. Dabei wurde seine Sehnsucht nach ihr immer größer, und er wusste sich nicht mehr anders zu helfen, als aufzustehen und ebenfalls ins Wasser zu gehen.

Er schwamm mit gleichmäßigen und kräftigen Bewegungen weit hinaus und überlegte, wie er eine wie zufällig scheinende und unverfängliche Begegnung mit ihr herbeiführen konnte. Gerade als er, ohne zu einer Lösung gekommen zu sein, zurückschwimmen wollte, hörte er leise Hilferufe.

Erstaunt drehte er sich in diese Richtung und erkannte Ilona, die heftig mit den Armen ruderte. Weit und breit waren keine anderen Menschen zu sehen. Sofort schwamm er zu ihr hin, bevor es am Ende einem der anderen Badegäste am Strand einfiel, ihr ebenfalls zu Hilfe zu eilen.

»Aber Ilona«, flüsterte er, als er bei ihr angekommen war. »Was machst du denn für Sachen?«

Dann legte er ihr den Arm um den Bauch und begann mit ihr in Richtung Strand zu schwimmen.

Als Ilona merkte, was er vorhatte, zischte sie ihm verärgert zu: »Doch nicht dorthin, da rüber zu der Felsnase.«

»Ach, du bist gar nicht …«

»Natürlich nicht, du süßes Schaf, was hast du denn geglaubt?«

Als sie die winzige, nur von der Meerseite aus zugängliche Bucht erreichten, atmete Ilona erleichtert auf und sagte: »Das war verdammt knapp. Mein Mann denkt doch, dass ich im Dorf unterwegs bin.«

»Ach, lass ihn doch.«

»Das sagst du so einfach. Er darf nicht den Hauch eines Verdachtes haben, sonst riecht er am Ende noch Lunte. Aber jetzt küss mich erst mal.«

Das ließ der Mann sich nicht zweimal sagen und wäre am liebsten noch weitergegangen, aber Ilona bremste ihn ein. »Nicht jetzt, mein Schatz, wir dürfen nicht zu lange zusammen hierbleiben, bevor es am Ende auffällt. Wir dürfen keine Aufmerksamkeit erregen. Du schwimmst in fünf Minuten zurück und verlässt den Strand. Wenn einer was bemerkt hat und dich nach mir fragt, sagst du, ich hätte einen Krampf gehabt und ruhe mich noch einige Minuten aus. Ich bleibe noch eine Viertelstunde hier und schwimme dann ebenfalls zurück.«

»Sollten wir nicht noch einmal darüber nachdenken, ob das wirklich …«

»Nein. Wenn du so ein Schwächling bist wie mein Mann, dann habe ich mich wohl in dir getäuscht. Was das bedeutet, brauche ich dir nicht zu erklären, oder?«

»Du willst Schluss machen?«, fragte der Mann und ärgerte sich beim Hören seiner unterwürfigen Stimme kurz über sich selbst.

»Nur, wenn du nicht spurst«, sagte Ilona. Dann sah sie ihm in die Augen und gab ihm einen innigen Kuss.

Sven lag auf seinem Liegestuhl, las in seinem Buch, lauschte nebenbei noch dem Rauschen der Wellen und war rundherum zufrieden. Plötzlich glaubte er zu hören, dass mit dem

Wind ganz leise Hilferufe an den Strand getragen wurden. Wenn ihm jemand gesagt hätte, dass er ein ebenso gutes Gehör wie Peter Stettner habe, dann hätte ihn das sehr stolz gemacht. Denn obwohl Peter nicht sein leiblicher Vater war, betrachtete er ihn schon seit einiger Zeit als solchen.

Er ließ sein Buch sinken, richtete sich auf und schaute zu Peter und Annika hinüber, die jedoch schliefen. Dann sah er aufs Wasser hinaus und entdeckte einen Mann, der schnell zu einer Frau hinschwamm, die in Not zu sein schien. Im ersten Impuls wollte er aufspringen und ebenfalls zu Hilfe eilen, aber was er dann sah, ließ ihn schnell innehalten.

Zuerst wollte der Mann die Frau an den Strand schaffen, aber nach nur wenigen Metern machten die beiden plötzlich eine Richtungsänderung von mehr als neunzig Grad und schwammen zu der etwas näheren, dafür aber sehr felsigen seitlichen Begrenzung der Badebucht hin. Dabei entfernten sie sich sogar noch etwas weiter vom Strand. Plötzlich waren sie hinter einer Felsnase verschwunden.

Dem beinahe Vierzehnjährigen kam es sofort in den Sinn, dass es sich dabei nur um ein heimliches Pärchen handeln könnte, das ungestört sein wollte, und er ärgerte sich prompt. Dafür, dass er für nichts und wieder nichts aus seiner spannenden Lektüre gerissen wurde, war ihm dieser wunderschöne Urlaub nun wirklich zu schade.

Außerdem hatte er noch ein zweites Buch dabei und mit seiner Mutter gewettet, dass er es schaffte, beide im Urlaub zu lesen. Wenn ihm das gelang, bekam er nach dem Urlaub von ihr einen teuren Gedichtband geschenkt, den er sich schon länger wünschte und sich selbst nie leisten könnte.

Nach dem Abendessen, die Dämmerung war schon weit fortgeschritten, war Ilona Stürmer an der Ecke zur Eukalyptusallee angekommen und betrat ganz gegen ihre Gewohnheit einen Souvenirladen. Normalerweise bevorzugte sie Boutiquen, Juwelierläden oder das schmucke Pelzgeschäft an dem kleinen Platz. Dennoch hatte sie ihr schönstes Kleid auch für diesen Abend angezogen, ihre hochhackigen Sandalen aber gegen, wie sie es nannte, flache Treter ausgetauscht.

Eine vernünftige Entscheidung, wie ihr schnell bewusst wurde, als sie nicht gleich fand, was sie wollte, und so einige Geschäfte aufsuchen musste. Trotzdem taten ihr schon bald die Füße weh, und sie beschloss, sich in einem der zahlreichen Lokale etwas auszuruhen. Dort wollte sie sich in aller Ruhe einen Plan zurechtlegen, wie sie es wohl anstellen könnte, ihren Mann zu besänftigen und ihn dann zu einem gemeinsamen Ausflug zu überreden. Vermutlich würde das gar nicht so einfach werden.

Nur wenige Augenblicke später hatte sie bereits auf der Terrasse eines Lokals Platz gefunden, und als ein Glas trockener Weißwein vor ihr stand, ließ sie ihren Gedanken freien Lauf. Ihre Idee, in einem Souvenirgeschäft genau eine solche kleine Statue als Versöhnungsgeschenk zu kaufen, wie sie ihr Mann schon seit Langem suchte, war genial. Wie Wachs würde er dahinschmelzen und ihr alles glauben, was sie ihm auftischte. Er war ein solcher Trottel. Jetzt musste sie nur noch den Tag, an dem es stattfinden sollte, durchplanen und unbedingt mit ihrem Freund Kontakt aufnehmen, um das weitere Vorgehen abzustimmen.

Eine Hand legte sich auf ihre Schulter und riss sie aus ihren Fantasien.

Sie fuhr herum, entspannte sich augenblicklich wieder

und sagte: »Ach, Robby, du bist es. Ich dachte schon, es wäre Alex.«

»Warum, ist der auch im Ort?«

»Es wäre möglich, wir müssen jetzt besonders vorsichtig sein.«

»Hast du dir schon überlegt, wie wir es anstellen wollen?«

»Ich bin noch am Nachdenken. Auf jeden Fall so früh wie möglich am Morgen.«

»Wieso?«

»Mensch, denk doch mal nach. Du bist so lang wie … Jetzt noch mal langsam zum Mitschreiben: Wenn du im Morgengrauen ein Auto stiehlst, können wir unmöglich bis zum Nachmittag warten, dann sucht die Polizei womöglich schon nach dem Wagen. Das kann gewaltig in die Hose gehen.«

»Da hast du wohl recht.«

»Weißt du schon, wo du den Wagen klauen willst?«

»Ja, ich war bis eben mit einem Mietwagen unterwegs. Ich habe einen großen, schlecht einsehbaren Parkplatz gefunden, wo ich …«

»Okay, so genau will ich es gar nicht wissen. Du klaust den Wagen, so früh es geht, und kommst dann sofort an die Abzweigung von der Eukalyptusallee auf die Hauptstraße nach Lindos. Ich werde Alex überreden, am Montag in aller Herrgottsfrühe zu fahren, um den Morgen zu genießen. In Wirklichkeit will ich leere Straßen und keine Zeugen haben. Du folgst uns in kurzem Abstand, alles andere findet sich. Wenn alles glattgeht, kann die Sache am Montag starten. Und jetzt mach dich schnell vom Acker, bevor uns Alex sieht.«

Nicht nur Ilona und ihr Freund waren an diesem Abend in der Eukalyptusallee, der Hauptgeschäftsstraße des kleinen

Badeortes Kolymbia, unterwegs. Auch die beiden Familien bummelten gemächlich durch die Souvenirläden. Während sich die Männer mit ihren Kindern aber recht schnell in das nächstbeste Lokal verkrümelt hatten, stürmten die beiden Frauen einen Laden nach dem anderen. Schließlich wollte Verena noch ein Geburtstagsgeschenk für Sven kaufen und wusste noch nicht, was.

»Wie wäre es denn mit einer Baseballkappe? Die kann er immer brauchen«, schlug Annika vor.

»Gute Idee, am besten eine mit dem Aufdruck ›Rhodos‹.«

»Von Kreta wirst du hier auch keine bekommen«, sagte Annika lachend, und als sie kurz darauf eine in Grün gefunden hatte, Svens Lieblingsfarbe, meinte Verena: »So, jetzt sollten wir aber schleunigst zu unseren Männern zurück. Wenn wir sie zu lange allein lassen, machen sie nur Dummheiten oder kommen beim nächsten Mal erst gar nicht mehr mit.«

»Meine Güte, das hat aber lange gedauert«, beschwerte Stefan sich, als die beiden zehn Minuten später im Lokal aufkreuzten. »In der Zwischenzeit haben wir mit dem Omnibus einen Ausflug nach Rhodos-Stadt gemacht und sind schon seit einer Stunde wieder zurück.«

»Aufschneider«, sagte Verena nur und fragte: »Habt ihr euch wenigstens Gedanken gemacht, welche Ausflüge wir wann machen wollen?«

»Klar doch«, sagte Peter, und Annika, die gerade ihren Wein bekommen hatte, meinte: »Hätt' ich euch gar nicht zugetraut. Dann lasst mal hören.«

»Ja, los«, stimmte Verena mit ein.

»Fangen wir erst einmal so an: Nehmen wir einen Bus für uns alle zusammen, oder wollen wir mit zwei Autos fahren?«

»Alle zusammen!«, johlten die Zwillinge, die an dem Abend gar nicht müde zu werden schienen, und Peter meinte grinsend: »Dann wäre das schon mal entschieden.«

»Am Montag sollten wir zum Prasonisi-Strand fahren«, sagte Stefan. »Es sind mörderische Temperaturen angesagt.« Von ihrem ersten gemeinsamen Urlaub wusste er schon, dass es an dieser sandigen Landzunge im Süden der Insel immer viel Wind gab. »Ein Paradies für Gleitschirmflieger«, meinte er.

»Hört sich gut an«, sagte Annika, und Verena fragte: »Und weiter?«

»Den Ausflug zur Akropolis nach Lindos sollten wir uns für Mittwoch aufsparen. Für den Tag ist etwas Bewölkung angesagt und außerdem gemäßigtere Temperaturen. Alles andere planen wir kurzfristig.«

»Alles andere?«, fragte Sven misstrauisch, der befürchtete, sich zu viel bewegen zu müssen.

»Da wären noch die antike Stätte Kamiros auf der anderen Seite der Insel, Rhodos-Stadt, das Schmetterlingstal, der Tsambika-Strand ganz hier in der Nähe und Epta Piges, was so viel wie sieben Quellen bedeutet. Das ist eine wunderbare Ausflugsgaststätte unter hohen Bäumen und an plätschernden Bachläufen.«

»Stefan, warum haben wir, als wir vor neun Jahren hier waren, das Meiste nicht gesehen?«, fragte Verena verwundert.

»Weil wir Wichtigeres zu tun hatten«, antwortete Stefan grinsend. »Damals waren wir frisch verliebt.«

»Das hört sich aber sehr nach Rumrennen an. Könnten wir nicht den Tsambika-Strand und Epta Piges vorziehen?«, fragte Sven, obwohl er im Grunde wusste, was folgen würde.

Prompt sagte seine Mutter denn auch: »Junge, gerade dir wird das sehr guttun. Seit sich der Schwimmclub aufgelöst hat, hängst du den lieben langen Tag vorm Computer oder vor deinem Smartphone. Du gehst kaum noch raus, und wenn man mal von Eric absieht, habe ich schon ewig keine Freunde mehr von dir zu Gesicht bekommen. Ich glaube, es ist höchste Zeit, dass ich mal kontrolliere, auf welchen Webseiten ihr euch so rumtreibt.«

»Aber Annika, lass uns den schönen Urlaub nicht mit Streitereien vermiesen«, versuchte Peter seine Lebensgefährtin zu beruhigen und Sven etwas Rückendeckung zu geben. Obwohl er im Grunde ähnlicher Meinung wie sie war, verstand er nicht, wieso sie das Thema jetzt vom Zaun brechen musste.

»Das musste einfach mal gesagt werden«, verteidigte Annika sich, »und wenn ich unsere Speckröllchen so ansehe, schadet uns allen der ein oder andere Fußmarsch überhaupt nicht.«

»Entschuldige, Mutti, ich wollte dich nicht ärgern«, sagte Sven zerknirscht, und Stefan meinte, um das ganze Gespräch endgültig in andere Bahnen zu lenken: »Morgen ist Sonntag, da ruhen wir uns noch einmal gut aus. Der Mietwagen kann ebenfalls morgen gebucht werden. Die haben geöffnet, das haben wir bereits gecheckt.«

Noch bevor jemand etwas dazu sagen konnte, raunte Verena: »Seht mal, wer da gerade hereinspaziert kommt«, und ihre Köpfe flogen zum Eingang des Biergartens herum, wo sich gerade Alex Stürmer an einem der letzten freien Tische niederließ. »Wir sollten hier abhauen, bevor am Ende auch noch seine bekloppte Frau auftaucht. Für die Kinder wird's ohnehin Zeit.«

»Was darf ich Ihnen zu trinken bringen?«, fragte der Kellner.

»Am besten ein griechisches Bier«, sagte Alex Stürmer und lehnte sich tief in den Korbsessel zurück.

Augenblicklich versank er in Gedanken und dachte über sich, seine Frau und ihre Ehe nach. Ohne Zweifel entsprach die derzeitige Situation nicht dem, was er sich insgeheim von dieser Reise erhofft hatte. Schnell war er so sehr in seinen Gedanken gefangen, dass er nicht einmal merkte, wie die junge Familie mit den reizenden Zwillingen direkt an seinem Tisch vorbeiging und das Lokal verließ.

Als der Kellner das Bier vor ihm abstellte, schreckte er hoch, sagte: »Vielen Dank«, und versank sofort wieder in dumpfem Brüten.

Wenn er nur wüsste, was mit Ilona los war. Seit sie hier waren stritten sie noch mehr als zu Hause – und ebenfalls ohne Grund. Selbst die Poolnachbarn meckerte sie an. Außerdem hatte er seit einiger Zeit den Verdacht, dass sie nicht nur gelegentlich fremdging, was an sich schon schlimm genug wäre, sondern einen festen Freund hatte. Hätte er damals nur auf seinen Vater gehört und sie nicht geheiratet, sondern zum Teufel geschickt – oder? Wenigstens hatte er dessen Rat beherzigt und einen Ehevertrag mit ihr geschlossen. So hatte diese Schlampe bei einer Scheidung nicht viel … Aber halt, er war nun schon fast genauso wie sie. Er war schließlich hier angetreten, um sich mit ihr zu versöhnen, und nicht, um sie, wenn auch nur in Gedanken, zu beschimpfen. Er gab sich noch einen Versuch, sie wieder ins Boot ihrer Ehe zurückzuholen.

Mit der Gewissheit, dass es bestimmt bald wieder aufwärts gehen würde, bestellte er ein neues Bier und einen doppelten Ouzo. Hätte er geahnt, dass sein Entschluss, die

Aussöhnung zu suchen, Ilona direkt in die Karten spielte, wäre er spät in der Nacht nicht so zuversichtlich zum Hotel zurückgeschlendert.

Schon sehr früh am Ende der Nacht zum Montag war der Mann unterwegs, um einen Wagen zu stehlen. Wie er an einem der Vortage erkundet hatte, standen auf einem Platz in der Ortsmitte von Afandou immer einige alte, ramponierte Lieferwagen von Handwerkern herum, die selbst bei seinen beschränkten Kenntnissen im Autoklau kein nennenswertes Hindernis darstellten.

Er hatte seinen Mietwagen zwei Straßen entfernt geparkt und war gerade auf dem Platz angekommen, da kam ihm ein Zufall zu Hilfe. Im fahlen Licht der Straßenlampe, die Morgendämmerung hatte noch nicht eingesetzt, sah er, wie eine rundliche Frau ihren nicht gerade nüchternen Mann resolut dazu antrieb, einen völlig Betrunkenen aus dem Haus zu geleiten und ihn in sein Auto, einen himmelblauen, mindestens vierzig Jahre alten Lieferwagen mit Pritsche, zu setzen. Dann verschwanden die beiden wieder im Haus. Wahrscheinlich hatte ihr Mann mit seinem Kumpan die Nacht durchgezecht, und als die Frau am Morgen aufgestanden war und die beiden betrunken vorgefunden hatte, war sie böse geworden.

Wie auch immer: Durch diesen Zufall bekam Ilonas Freund nicht nur einen Wagen, sondern gleich noch einen Täter dazu frei Haus geliefert. Besser konnte es für ihn gar nicht laufen.

Wie er vermutet hatte, war der völlig betrunkene Mann am Steuer nicht in der Lage, den Wagen anzulassen, und schlief auf der Stelle ein. Da der Platz wie ausgestorben vor ihm lag, wartete Robby, wie Ilona ihren Freund nannte, nicht lange, sondern ging zu dem Wagen hin, stieß den verhinderten Fahrer mit der Stirn auf das Lenkrad, nicht allzu fest, aber dennoch ausreichend für eine kleine Platzwunde. So bekäme die Polizei, wenn sie ihn später finden würde, gleich noch eine Unfallverletzung präsentiert. Dann schob er den Mann, der so betrunken war, dass er nichts mitbekam, auf den Beifahrersitz, drehte den bereits steckenden Zündschlüssel und fuhr langsam, ohne viel Lärm zu machen, zur Hauptstraße hinunter. Hier parkte er am Straßenrand so, dass er die Einmündung der Eukalyptusallee im Auge hatte, und hoffte, dass es nicht mehr lange dauern würde, bis Alex und Ilona Stürmer auftauchten.

Alex Stürmer war überglücklich. Er hatte sich am Sonntag mit Ilona versöhnt, ohne dass er sich vor ihr zum Affen hatte machen müssen. Ganz im Gegenteil: Sie selbst war auf ihn zugekommen und hatte ihm eine griechische Statue geschenkt, die er selbst schon seit Jahren in unzähligen Souvenirshops vergeblich gesucht hatte. Anschließend war ihre Versöhnungsnacht so zärtlich und romantisch, dass er felsenfest an einen Neuanfang glaubte. Selbst seinen größten Wunsch, das Frühstück einmal sausen zu lassen, mit ihm in den Sonnenaufgang hineinzufahren, einen wunderschönen Tag am Prasonisi-Strand zu verbringen und ihn mit dem Sonnenuntergang dort zu beenden, hatte sie ihm ohne zu zögern erfüllt. Sogar selbst zu fahren, wie sie es in ihren ersten Jahren so gern gemacht hatte, hatte sie vorgeschlagen. Später, als es zu kriseln begann, hatte sie immer behauptet, ihr werde schlecht, und ihm das Steuer überlassen.

Nun waren sie bereits auf der Eukalyptusallee und würden gleich auf die Hauptstraße nach Süden einbiegen. Im

Glücksrausch entging ihm völlig, wie Ilona viel zu lange an der Abzweigung stehenblieb und angestrengt die noch leere Straße beobachtete. Ebenso übersah er, dass sie erst losfuhr, als ihr ein uralter Lieferwagen Lichtzeichen gab.

Dann allerdings gab Ilona Gas, als ob der Teufel hinter ihr her wäre. Sie raste so sehr, dass es selbst Alex, der selbst kein langsamer Fahrer war, himmelangst wurde.

Nach guten zehn Kilometern sagte Ilona plötzlich: »Oh, wird mir schlecht. Verdammt, ich habe heute Morgen meine Tabletten vergessen«, und Alex dachte: War das am Ende gar keine Lüge gewesen, um ihn zu ärgern, wie er es immer geglaubt hatte? Da fuhr sie auch schon in eine winzige Parkbucht in einer langgezogenen Kurve hinein.

Sie würgte und schien sich gleich übergeben zu müssen, deshalb wollte sie aussteigen, blieb aber wie angewurzelt auf dem Fahrerplatz sitzen.

Mühsam würgte sie hervor: »Hilf mir, der Gurt geht nicht auf.«

Behände schwang sich Alex Stürmer aus dem Wagen, eilte zu ihr hinüber, riss die Tür auf und wollte sich gerade zu ihr hinunterbeugen, da fiel sein Blick durch Zufall auf die Straße. Er erschrak fürchterlich, sah er doch einen uralten Lieferwagen direkt auf sich zurasen.

Geistesgegenwärtig sprang er mit einem kühnen Schwung auf die Motorhaube und rollte sich nach der anderen Seite hin ab. Nur Bruchteile von Sekunden, nachdem seine Füße den sicheren Stand verlassen hatten, knirschte Blech und splitterte Glas. Dann flog die Fahrertür seines Mietwagens im hohen Bogen über die Straße und rutschte auf der anderen Seite in den Graben. Der Lieferwagen entschwand unterdessen hinter der nächsten Biegung. Ohne zu zögern, zückte Alex Stürmer sein Handy und rief die Polizei.

Nur eine knappe Stunde später waren Peter, Stefan und ihre Familien am Morgen des zwölften Oktobers ebenfalls auf der Straße in Richtung Prasonisi-Strand unterwegs. Als der leidenschaftlichste Autofahrer der vier hatte Peter das Steuer des Siebensitzers übernommen. Alle freuten sich auf den Ausflug, nur Sven, der mitten in der Pubertät steckte und eigentlich immer etwas zu meckern hatte, maulte, weil er so früh hatte aufstehen müssen.

Aber davon ließen sich die anderen, allen voran die aufgeweckten Zwillinge, nicht die Laune verderben. Die Kleinen begannen alle Lieder, die sie im Kindergarten gelernt hatten, anzustimmen, und die anderen Insassen des lustigen Ausflugsbusses stimmten mit ein. So hatten sie gerade begonnen, »Alle Vögel sind schon da« zu singen, als Stefan plötzlich rief: »Seht doch mal da vorn. Das ist doch unser Poolnachbar – der mit der lästigen Frau.«

»Na und?«, frotzelte Peter. »Hast du Sehnsucht nach ihm?«

»Quatschkopf. Aber bei ihm ist die Polizei.«

»So?«, fragte Peter, und es sollte desinteressiert klingen.

Aber auch Annika und Verena hatten deutlich gehört, dass detektivisches Interesse in der Stimme mitschwang.

»Außerdem fehlte die Fahrertür an seinem Wagen, und kein Unfallgegner war weit und breit zu sehen«, sagte Stefan, der den Camcorder, den er schon die ganze Zeit hatte mitlaufen lassen, auf den Schauplatz des Geschehens richtete.

»Na prima, vielleicht können wir ein bisschen mitmischen. Fahrerflucht ist immer noch besser als gar kein Fall.«

»Untersteht euch!«, riefen Verena und Annika nahezu gleichzeitig, und obwohl Stefan und Peter breit grinsten, war nicht sicher, ob sie es nicht doch ernst gemeint hatten.

3.

Am nächsten Morgen dachten Annika und Verena, die nach dem schönen Ausflug lange geschlafen hatten, schon längst nicht mehr an das, was sie auf der Hinfahrt zum Prasonisi-Strand gesehen hatten. Ganz anders Peter und Stefan. Ihnen ließ die offensichtliche Fahrerflucht keine Ruhe, und kurz nach dem Frühstück passten sie Alex Stürmer ab, der wieder einmal allein unterwegs war.

»Kann es sein, dass wir Sie gestern Morgen an der Straße nach Lindos gesehen haben? Hatten Sie eine Panne?«, fragte Peter.

»Panne ist gut. Das war ein Unfall mit Fahrerflucht, bei dem ich ohne Weiteres hätte draufgehen können. Dass ich heute überhaupt mit Ihnen sprechen kann, ist nur dem Umstand zu verdanken, dass ich immer an meiner Fitness arbeite.«

»Fahrerflucht?«, fragte nun Stefan gespielt überrascht, und Peter setzte erklärend hinzu: »Wenn wir Ihnen helfen sollen, den Täter zu ermitteln, brauchen Sie es nur zu sagen. Wir sind Privatdetektive und haben Erfahrung in solchen Dingen.«

»Ach, wirklich? – Nun, ich fürchte, es gibt in dem Fall nichts weiter für Sie zu tun. Noch gestern Abend waren die Beamten von der Verkehrspolizei hier und haben mir mitgeteilt, dass der flüchtige Fahrer gefunden ist. Trinken

Sie ein Glas Bier an der Poolbar mit mir? Dann erzähle ich Ihnen, was man mir gesagt hat.«

Da ließen Stefan und Peter sich nicht zweimal bitten. Obwohl ihre Familien am Pool auf sie warteten und es ihnen für ein Bier eigentlich noch etwas zu früh war, stimmten sie zu und gingen mit ihm.

Nachdem Alex Stürmer mit drei Gläsern Bier vom Tresen zurückkam und sie einander zugeprostet hatten, berichtete er, wie es passiert war, und schloss mit den Worten: »Zuerst gingen sie von Verwicklungen aus zwischen mir, der Versicherung und der Autovermietung. Doch dank der Beobachtungen des älteren und erfahreneren Polizisten wurde die Sache dann sehr schnell aufgeklärt. Nicht einmal zwei Stunden später war der Unglücksfahrer gefasst.«

»Donnerwetter, wie kam denn das?«

»Wie gesagt, einer der Beamten hatte bereits einen Verdacht, als er Bruchstücke vom Lampenglas des Lieferwagens gefunden hatte, und als ich sagte, die Karre sei himmelblau gewesen, hat er bereits geahnt, wer der Besitzer war, und ihn zur Fahndung ausgeschrieben. Das alles hat mir gestern Abend ein Beamter erklärt, der im Gegensatz zu diesen Verkehrspolizisten gut Deutsch sprach. Der Wagen gehört nämlich einem in der Gegend bekannten Alkoholiker und Wiederholungstäter, der immer wieder einmal andere Wagen rammt und schon längst keinen Führerschein mehr besitzt. Ihn hat man dann auch prompt sturzbetrunken und hinterm Steuer schlafend auf einem Feldweg gefunden, nicht allzu weit von der Unfallstelle entfernt. Die Beschädigungen am Wagen passen zum Unfall. Außerdem hatte er noch eine kleine Platzwunde an der Stirn, von der die Polizisten vermuten, dass er sie sich zugezogen hat, als er mit dem Kopf gegen das Lenkrad knallte. – Sie sehen, es war, auch wenn es leicht tödlich für mich hätte ausgehen können, im Grunde nichts Spektakuläres. Trotzdem danke, dass Sie mir zugehört haben.«

Kurz darauf verabschiedeten sich Peter und Stefan von Alex Stürmer, und als sie zu ihren Familien gingen, die am anderen Ende des Pools genügend freie Liegen gefunden hatten, sagte Peter: »Ich weiß nicht, was unsere Frauen haben. Ich finde diesen Stürmer gar nicht mal so unsympathisch.«

»Stimmt«, sagte Stefan und fügte nachdenklich hinzu: »Aber sonderbar ist dieser Unfall schon.«

»Wieso?«

»Weil es da einige Ungereimtheiten gibt.«

»Was meinst du?«

»Der Fahrer war angeblich so betrunken, dass er kurz danach am Steuer eingeschlafen ist. Aber obwohl er sich, erstens, bei dem nicht gerade sanften Aufprall verletzt hat und, zweitens, das Ganze in einer langgezogenen Kurve passiert ist, hat er nicht die Gewalt übers Steuer verloren, sondern ist unbeirrt weitergefahren.«

»Ja, das ist schon seltsam«, sagte Peter nun auch nachdenklich.

Allerdings kamen sie nicht mehr dazu weiter zu grübeln, denn im gleichen Augenblick kehrten ihre Familien vom Pool zurück, und die Zwillinge stürzten sich, unterstützt durch Sven und klatschnass, wie sie waren, erst auf ihren Vater, dann auch auf Peter und zogen die beiden, die noch mit Shorts und Shirts bekleidet waren, zum Pool zurück und ins Wasser hinein.

»Puh, das war knapp«, stöhnte Ilona fast schon panisch und ging hinter der Hütte des Bademeisters in Deckung. Dann sah sie ihren Freund, den sie vor einer halben Stunde am Strand getroffen hatte, etwas genervt an. »Verdammt, wer kann denn ahnen, dass mein Mann da oben auftaucht.« Sie hatte ihn an der Abbruchkante der Liegewiese entdeckt, wie er seinen Blick über den Strand schweifen ließ.

»Bist du sicher, dass du dir das nicht nur einbildest?«, fragte Robby ungehalten, dem es ganz und gar nicht passte, dass sie »mein Mann« gesagt hatte. »Komm jetzt endlich her zu mir. Ich musste schon viel zu lange auf dich verzichten.«

»Nein, jetzt nicht!«, schrie Ilona fast, schlüpfte in ihre Badeschuhe und rannte ins Meer hinein.

Nervös, wie sie war, bemerkte sie nicht einmal die spitzen Kieselsteine, die sie sonst immer durch die weichen Sohlen der Badelatschen hindurch pikten. Erst als sie sich in die kühlen Fluten gleiten ließ und sich Meter um Meter vom Strand entfernte, wurde sie etwas ruhiger und der Kopf wieder klar.

Jetzt bleib mal ruhig, Ilona, sagte sie zu sich selbst. Überleg es dir, ob alles wie vorgesehen weitergehen soll, nachdem das gestern so gründlich in die Hose ging. Robby konnte sie dabei, auch wenn es ihr schwerfiel, nicht mal einen Vorwurf machen, der hatte das Ganze immerhin so gut organisiert, dass die Bullen auf einer vollkommen falschen Spur waren. Nur diese verdammte Fitness von Alex. Sprang der doch glatt über die Motorhaube! Wer rechnete denn mit sowas? Sie hoffte nur, dass Alex keinen Verdacht schöpfte, denn wenn er auf der Hut war, wie sollte sie ihn dann erledigen?

Plötzlich merkte sie, wie die Kühle des Meeres sich langsam in ihrem Körper breitmachte und sie zu frösteln begann. Schnell schwamm sie zum Strand zurück, stieg aus dem Wasser und ließ ihre Blicke schweifen. Sie suchte ihren

Freund, und als sie ihn nirgends entdecken konnte, wollte sie zu ihrem Liegestuhl gehen. Da bemerkte sie, dass fast alle Badegäste den Strand bereits verlassen hatten. Kein Wunder – die Zeiger ihrer wasserdichten Armbanduhr bewegten sich deutlich in Richtung der Achtzehn-Uhr-Marke.

Auf halbem Weg zu ihrem Liegestuhl trat ihr Robby, der tatsächlich auf sie gewartet hatte, in den Weg und fragte: »Verdammt, bist du jetzt endlich wieder normal? Kann man wieder vernünftig mit dir reden?«

»Mit mir immer«, rutschte es ihr unbedacht heraus, und ihr Freund hatte prompt verstanden: »Du hältst mich für einen Trottel?«, sagte er zornig.

»Nein, natürlich nicht«, ruderte sie etwas zurück. Sie durfte ihn nicht zu hart angehen, denn ohne ihn würde ihr Plan nicht funktionieren.

»Es bleibt dabei, morgen ist es wieder so weit.«

»Hast du dir schon was Neues überlegt?«

»Ja. Wir werden morgen unabhängig voneinander nach Lindos zur Akropolis fahren, und da wird es passieren. Nun hör mir genau zu, denn jeder Handgriff muss sitzen.«

Nachdem sie ihm in knappen, kühlen Worten ihren Plan mitgeteilt hatte, wandte sie sich zum Gehen um.

»Bleib doch noch etwas«, bettelte der junge Mann. »Ich würde dich so gern hier im Sand ...«

»Geht nicht. Ich muss zurück und meinem Mann noch etwas Honig ums Maul schmieren. Wenn wir ihn los sind, bekommst du, was du willst.«

»Okay, gut«, brummte Ilonas Freund missmutig. »Hab schon verstanden. Dann sorg aber auch dafür, dass es morgen stattfinden kann und der Kerl nicht in der letzten Sekunde kneift.«

»Seid ihr alle satt, und, was noch wichtiger ist, habt ihr alle ausgeschlafen?«, fragte Peter Stettner, als er am Mittwochmorgen den Motor des geräumigen Siebensitzers startete.

Noch bevor einer der anderen Erwachsenen etwas sagen konnte, krähte Anina: »Klar doch«, und ihre Zwillingsschwester korrigierte: »Ausgeschlafen ja, aber satt?«

Inzwischen hatten sie die Eukalyptusallee erreicht, und Stefan sagte: »Macht nichts, wir haben einen Picknickkorb dabei.«

»Meinst du den, der auf dem Tisch in unserem Apartment steht?«, fragte Verena ihn.

»Oh, scheiße, hast du nicht …?«

»Nein, ich dachte, du … Na ja, da oben auf dem Plateau unterhalb der Akropolis gibt es, wenn ich mich recht erinnere, einen Kiosk. Da bekommen wir was. Wenigstens hast du inzwischen eingesehen, dass es besser war, den Zwillingsbuggy nicht mehr aus der Mottenkiste zu holen.«

»Eingesehen? Wieso? Sollen wir die Mädchen vielleicht da hochtragen? Das kannst du machen. Ich verrenke mir meinen Rücken nicht.«

Während Peter sich jedes Kommentars enthielt, begann sich Annika langsam zu ärgern: »Müsst ihr euch gerade jetzt streiten? Ich dachte, wir verbringen einen schönen Urlaubstag zusammen.«

»Wir streiten doch nicht, wir diskutieren immer so«, sagte Stefan etwas verlegen, und Verena küsste ihren Mann wie zur Bestätigung leidenschaftlich.

»Schmatz, schmatz, muss Liebe schön sein«, sagte Sven prompt, und die Zwillinge fingen an zu kichern.

Inzwischen hatten sie die Hauptstraße nach Lindos erreicht, und Peter gab dem schweren Wagen die Sporen. Da es noch früh am Morgen war und die meisten Urlauber noch an den Frühstückstischen in ihren Hotels saßen, war die Straße frei, und sie kamen gut voran. Nur eine halbe Stunde später waren sie bereits auf dem großen Parkplatz unterhalb des kleinen Städtchens angekommen.

Hier stellten sie fest, dass auch andere Touristen auf die Idee gekommen waren, die frühe Morgenstunde zu nutzen, denn obwohl der Parkplatz nicht gerade klein war, begann er sich doch bereits stark zu füllen.

Peter parkte rückwärts ein und sagte, als er ausgestiegen war, zu Sven: »Du hast den Reiseführer am gründlichsten studiert und zeigst uns den Weg.«

»Mach ich«, antwortete der Junge, und Verena fügte schnippisch hinzu: »Welchen Reiseführer hat Stefan denn studiert? Denn wenn wir abends einen trinken gehen, marschiert er immer vorneweg.«

»Du wirst sehen, der Ausflug wird wunderschön und ein Neubeginn für uns«, säuselte Ilona so zuckersüß, dass ihr fast selbst davon übel wurde.

Aber auch Alex Stürmer war auf der Hut. Dieser plötzliche Stimmungsumschwung war ihm unerklärlich. Zwei sehr unterschiedliche Gefühle kämpften in ihm um die Vorherrschaft. Einerseits blieb er seiner Frau gegenüber misstrauisch und reserviert, andererseits hoffte er immer noch, dass sich alles zum Guten wenden würde.

Nun, vielleicht hatte ihr dieser Unfall am Montag, der viel schlimmer hätte ausgehen können, zu denken gegeben, dachte er. Dann stieg er aus dem neuen Mietwagen, den er am Vorabend in Empfang genommen hatte.

Als auch Ilona schnell ausstieg, sich bei ihm einhängte und ihn anlächelte, wurde ihm warm uns Herz, und er fühlte sich in die Anfangszeit mit ihr zurückversetzt. Zärtlich drehte er sie zu sich hin, gab ihr einen Kuss auf die Stirn und legte seinen Arm um ihre Hüften. So gingen sie in das schöne kleine, autofreie Städtchen mit den schmalen verschlungenen Wegen und schneeweiß gestrichenen Häusern hinein.

Langsam schlenderten sie durch die Gassen, und wer sie so sah, hätte sie für frisch Verliebte gehalten. Geruhsam, aber zielstrebig gingen sie in die Richtung, wo die Wege immer steiler wurden und in die alle Schilder zeigten, die auf den Aufstieg zur Akropolis hinwiesen.

»Gut, dass wir uns entschlossen haben, im Oktober zu reisen«, sagte Alex zu Ilona. »Stell dir mal vor, was hier im Sommer los sein muss.«

Seine Frau stimmte ihm zu und dachte: Da hätten Robby und ich unser Vorhaben wohl kaum in die Tat umsetzen können. Dann sagte sie: »Komm, lass uns hinaufsteigen. Da vorn kommen die ersten Stufen, und es geht hinauf.«

Genau in dem Moment musste Alex einem Mann ausweichen, der sich ziemlich rabiat an ihm vorbeidrängte und ihn damit auf dem grob gepflasterten Boden fast zum Straucheln brachte. Er knickte mit dem Fuß um und verkrallte sich in Ilonas linken Arm, die vor Schmerz aufschrie und fluchte: »Verdammt noch mal!«

»Was hast du?«

»Du hast mich gekratzt«, sagte sie etwas ungehalten, und Alex meinte: »Lass mal sehen.«

Er schob den Ärmel ihrer Bluse hoch und sagte: »So schlimm kann es gar nicht sein. Man sieht nicht einmal etwas davon, aber ich habe mir, glaube ich, den Fuß verstaucht.«

Im ersten Impuls wollte Ilona ihm eine Frechheit entgegenschleudern, besann sich dann aber schnell, denn eine solche Gelegenheit wie heute würde so schnell nicht noch einmal wiederkehren.

Deshalb sagte sie: »Soll ich mir das einmal ansehen? Setz dich an den Rand und zieh deinen Strumpf aus.«

»Nein, nein, so schlimm ist es wohl doch nicht«, sagte Alex, verzog den Mund zu einem schmerzhaften Grinsen und ging weiter auf dem steilen, mit einzelnen Stufen durchsetzten Weg zur Akropolis hin.

Wenn du wüsstest, wie schlimm das hier noch für dich wird, würdest du nicht so rennen, dachte Ilona, grinste voller Hinterlist in sich hinein und folgte ihm.

Daran dachte auch der Mann, den Ilona Robby nannte, während er schon seit den frühen Morgenstunden unentwegt den Weg zur Akropolis hinauf- und wieder hinunterging. Er fand den Plan, den seine Freundin ausgearbeitet hatte, zwar ziemlich unausgegoren, und es würde schwierig werden, hier ohne Zeugen zu arbeiten. Aber immerhin eine Stelle gab es, wo es möglich wäre.

Dort war der Weg besonders schmal und etwas steiler als an anderen Stellen. Da es auf der talwärts gelegenen Seite kein Geländer gab, musste es dort geschehen. Die Leute, die sich hier begegneten, berührten sich fast zwangsläufig, sodass ein kräftiger, unvermittelt ausgeführter Stoß ausreichen dürfte, jemanden zu Tal zu befördern. Und bei den spitzen Steinen und Felsvorsprüngen dort war das fast unmöglich zu überleben.

Als er sicher war, dass es hier geschehen würde, dachte er: Na ja, warten wir es mal ab. Vielleicht geht alles viel schneller und reibungsloser als gedacht.

Ach du grüne Neune, dachte Verena, als die ersten Treppenstufen vor ihr auftauchten, und packte die Mädchen noch fester an den kleinen Händchen. Als sie nach einer ganzen Weile Aufstieg auf dem steilen Weg zum ersten Mal stehen blieben, um den Blick über die Dächer von Lindos zu genießen, sagte sie schnaufend: »Peter, Stefan, könnt ihr mir mal für einen Moment die Kinder abnehmen? Die Kleinen ziehen wie die Büffel.«

»Bin nicht klein«, sagte Alina nur, und Anina kicherte, während sie »Büffel, Büffel, zieh« frohlockte. Dann nahmen die Mädchen von sich aus jeweils einen der beiden Männer bei der Hand und zogen sie mit sich fort weiter den Berg hinauf.

Kurz darauf kam ihnen ein älteres Ehepaar von oben entgegen, und der kleine Konvoi musste sich im Gänsemarsch hart an der bergseitigen Felswand entlang bewegen – so eng war es stellenweise.

Da sie fast mit dem Gegenverkehr auf Tuchfühlung gingen, hörten sie die Frau zu ihrem Mann sagen: »Sieh mal, eine richtige Großfamilie. Schade, dass uns so etwas versagt geblieben ist.«

Peter musste schmunzeln, und es hätte ihn interessiert, was der Mann darauf antwortete, aber leider waren die beiden schon hinter der nächsten Kurve entschwunden.

Sven hatte die Kamera übernommen und filmte alles, was ihm vor die Linse kam. Dabei achtete er kaum auf den Weg und geriet hin und wieder so dicht an den Abgrund, dass Annika nicht nur einmal mahnte: »Junge, pass auf, wohin du trittst.«

»Mach ich doch!«, gab Sven zur Antwort und stürmte Peter und Stefan hinterher, die scheinbar von den kleinen Mädchen den Berg hinaufgezogen wurden.

»Siehst du jetzt ein, dass wir keinen Buggy für die Kleinen mehr brauchen?«, rief Verena schnaufend von hinten, und die nicht minder geschaffte Annika sagte zu ihr: »Ich möchte nur wissen, wo deine Mädchen diese Energie hernehmen. Und erst recht unsere Männer. Denen scheint das Tempo gar nichts auszumachen.«

»Das sieht nur so aus. Wahrscheinlich wittern sie schon die nächste Bierzapfanlage.«

Zehn Minuten später waren sie an der Weggabelung angelangt, wo auf einer kleinen Plattform die Eselsstation lag. Hier mussten auch die Touristen, die über einen anderen Weg auf dem Rücken der Tiere bis hierher gekommen waren, absteigen und zu Fuß weitergehen.

Die meisten Tiere waren lammfromm, aber eine korpulente Frau, die keine Anstalten machte, ihren bequemen Platz auf dem Rücken ihres Esels zu verlassen, bekam von diesem etwas Hilfe dabei. Wahrscheinlich war das arme Tier einfach müde und wollte sich ausruhen.

»Verdammtes Mistvieh!«, rief die Frau mit starkem amerikanischem Akzent, als sie beim Absteigen mit dem Fuß umknickte. Sie jammerte vor Schmerzen.

»Ich möchte mal wissen, warum die Frau jammert, der Esel hätte bedeutend mehr Grund dazu«, sagte Peter amüsiert, und Sven, der alles mit der Kamera eingefangen hatte, dachte grinsend: Die anderen zu Hause werden sich freuen, wenn sie den Film zu Gesicht bekommen.

Nach einer kurzen Verschnaufpause drängte Stefan, weiter nach oben zu gehen. »Es ist schon nach zehn, und ganz oben gibt es kaum Schatten«, erklärte er den anderen. »Wenn die größte Mittagshitze beginnt, sollten wir schon wieder auf dem Weg nach unten sein. Hier beim Kiosk im Schatten können wir uns dann längere Zeit ausruhen.«

Diesem Argument ließ sich nichts entgegnen, und so

gingen sie, nachdem sie an einem großen Eisentor ihre Eintrittskarten gekauft hatten, noch ein kurzes Stück bergauf, bevor sie auf einen großen freien Platz kamen. Leider waren hier nicht nur schattige Bäume, sondern auch Sitzgelegenheiten Mangelware. Deshalb genossen alle erst einmal den großartigen Ausblick hinunter auf Strand und Bucht, bis Peter sagte: »Stefan, wie geht es denn weiter?«

»Dort hinten ist eine Treppe, da müssen wir rauf.«

Augenblicklich fuhren alle Köpfe herum, und Verena sagte trocken: »Verdammt, so steil hatte ich die gar nicht in Erinnerung. Für die Zwillinge und mich ist hier Endstation. Aber das ist nicht schlimm, ich bin ohnehin völlig geschafft, und die Mädchen werden sich für die Altertümer wohl kaum interessieren.«

»Welche alten Trümmer?«, fragte Sven grinsend, und Stefan sagte: »Na, die da oben«, und zeigte die Treppe hinauf.

»Ich bleibe auch hier und leiste Verena Gesellschaft«, erklärte Annika, und Peter fragte: »Sven, willst du auch hierbleiben?«

»Nein, jetzt bin ich schon bis hierher gelatscht, da werde ich doch vor dem Gipfel nicht schlappmachen. Und außerdem muss ich filmen.«

Der Junge hat Mumm, dachte Peter anerkennend, während er und Stefan ihm folgten. Sven war schon zu der langen, steilen Steintreppe hingelaufen, die mindestens siebzig Stufen hatte.

Oben angekommen, durchschritten die drei ein riesiges Torhaus und sahen als Erstes ein Feld mit Hunderten alten Säulenresten. »Verena hat recht gehabt«, sagte Sven. »Es sind wirklich alles alte Trümmer.«

»Warte, es wird noch besser«, sagte Stefan und betrat den

ausgetretenen, steinigen Pfad, der zu den antiken Säulen führte.

Auch Alex und Ilona Stürmer waren auf dem höchsten Plateau der Akropolis von Lindos unterwegs und bemerkten Stefan, Peter und Sven genauso wenig wie die sie. Während Stefan für Peter und Sven den Reiseführer mimte und die drei eine ganze Menge Spaß dabei hatten, war Ilona damit beschäftigt, ihren Mann bei Laune zu halten, um ihn erst dann wieder den Berg hinunter zu lotsen, wenn sie es für passend hielt. Und zwar genau in der größten Mittagshitze, wenn ihnen kaum jemand auf dem Weg begegnen würde.

»Lass uns auf dem Mäuerchen hier noch ein bisschen ausruhen, das ist wirklich eine Affenhitze heute.«

»Das hast du aber vorher schon gewusst, dass es auch im Oktober auf Rhodos durchaus nochmal dreißig Grad werden können. Ich wundere mich schon die ganze Zeit darüber, warum du ausgerechnet hierher wolltest, wo du doch sonst so hitzeempfindlich bist.«

»Weil ich dahin wollte, wohin wir unsere Hochzeitsreise gemacht haben.«

Alex, der eben noch etwas ungehalten über ihr ständiges Genörgel gewesen war, war plötzlich gerührt, nahm seine Frau in den Arm und sagte: »Wenn es bei dir wieder geht, machen wir uns an den Abstieg. Sowie wir zurück sind, kannst du dich im Pool erfrischen.«

»Genau, das werde ich tun und einen Cocktail auf dich trinken.«

»*Auf* mich?«, fragte Alex verwundert, und Ilona bemerkte erschrocken, dass sie sich beinahe verplappert hatte.

»Ja, weil ich erst jetzt wieder gemerkt habe, was du mir bedeutest.«

Während Alex Stürmer seine Frau überglücklich an sich presste, weil er nun allmählich glaubte, alles habe sich zum Guten gewendet, passierten Peter, Stefan und Sven nach ihrem Rundgang die beiden, ohne von ihnen bemerkt zu werden.

Kurz darauf fragte Alex: »Wollen wir?«

»Klar doch«, sagte nach einem Blick auf ihre Armbanduhr nun auch Ilona und stand auf.

Erst jetzt merkte sie, wie weh ihr ihre Füße taten. Nun rächte es sich, dass sie am Morgen schon aus Prinzip gegen den Rat ihres Mannes gehandelt hatte, der ihr bequeme Wanderschuhe empfohlen hatte. Stattdessen hatte sie mit dem Hinweis, dass ihre Füße Luft brauchten, ihre Riemchensandalen mit den hohen Absätzen angezogen. Aber lieber würde sie keine Miene verziehen, wenn sie unter Schmerzen nach unten stakste, als ihm das einzugestehen.

Unterdessen drückte sich der Zwei-Meter-Hüne noch immer auf dem Weg zur Akropolis herum und lief immer wieder die einzige Stelle ab, die für ihr Vorhaben geeignet war. Sie lag unweit des Kiosks, war nicht nur besonders schmal, sondern vom Ort her auch schlecht einsehbar, da sie hinter einer Biegung lag.

Was er nicht ahnte, war, wie richtig er mit dem stets schnell beiseitegeschobenen negativen Gedanken über Ilona lag. Die hätte sich für den Fall, dass er erwischt wurde, bestens abgesichert. Doch er ahnte nicht, dass sie eine Spur breit wie eine Autobahn ausgelegt hatte, die im Zweifelsfall genau zu ihm führte. Dass sie schon weit im Vorfeld über einen Strohmann, der Alex zum Verwechseln ähnlich sah, einen Kredit bei genau dem Wiesbadener Finanzhai aufgenommen hatte, bei dem ihr Freund als Geldeintreiber tätig war. Die Rückzahlung, die kurz vor ihrem Abflug in den Urlaub fällig gewesen war, hatte sie aber einfach vergessen. Da Ilona immer peinlich genau darauf geachtet hatte, dass sie niemand zusammen sah, konnte ein Versuch, das Geld zurückzuholen, schiefgegangen sein.

Nur momentweise durchzuckte ihn der Verdacht, dass Ilona nicht die verzweifelte Frau war, die einfach der Knechtschaft unter ihrem herrschsüchtigen Mann entfliehen wollte. Aber er gefiel sich zu gut in der Rolle ihres Erretters – und die Aussicht auf ihr Vermögen tat ihr Übriges –, um diesen Gedanken weiterzuverfolgen. So harrte er geduldig auf seinem Posten aus und wartete, bis die beiden herunterkamen.

Nur wenige Meter weiter oben hatte die Reisegesellschaft aus dem Taunus den kleinen Kiosk gestürmt und sich mit eiskalten Getränken auf den Bänken daneben niedergelassen. Gerade als sie sich setzten, sahen sie Alex und Ilona Stürmer talwärts laufen.

»Schaut mal her«, sagte Verena. »Das sind doch die Leute, die am Hotelpool ständig bei uns in der Nähe liegen. Die Frau quatscht jeden an, egal ob er das will oder nicht.«

»Tatsächlich«, bestätigte Peter. »Wenn ich gewusst hätte, dass die auch hier sind, wäre ich woanders hingefahren. Aber dass die Streithähne überhaupt gemeinsam einen Ausflug machen, wundert mich schon.«

»Das stimmt«, bestätigte Stefan und trank seinen letzten Schluck Cola aus.

Genau in dem Moment war ein markerschütternder Schrei zu hören.

4.

Schon von Weitem sah der Mann seine Ilona und diesen verhassten Alex Stürmer auf sich zukommen. Obwohl ihm immer noch nicht sonderlich wohl in seiner Haut war, war er inzwischen doch überzeugt, das Richtige zu tun. Er würde Ilona von diesem Mann befreien, und dann würde sie ihm gehören.

Er ging im Geiste schnell noch einmal Ilonas Plan durch und dachte: Nun ja, vielleicht ist er doch nicht so schlecht, denn wenn alles glattgeht, haben wir es geschafft.

Danach vergewisserte er sich noch einmal, dass von unten in den nächsten Minuten niemand kommen würde. Hierin hatte er das größte Problem gesehen, aber Ilona hatte wieder einmal recht behalten. Es war Mittagszeit, und zudem ging die Saison gerade zu Ende. Das reichte aus, um größere Lücken in die Menschenströme zu reißen, die es hier herauf zog.

Den direkten Blick von oben wollte Ilona mit ihrem Körper abdecken, indem sie einen guten Schritt zurückblieb, sobald sie in etwa auf einer Höhe waren. Dann ein kurzer, kräftiger Stoß, und alles wäre erledigt.

Robby riss sich aus seinen Gedanken, denn nun musste alles schnell gehen. Alex und Ilona Stürmer kamen ihm, in kurzem Abstand hintereinander laufend, entgegen und würden ihn in wenigen Sekunden passieren. Mit einem schnellen Blick erfasste er die Situation ringsum und sah gute fünfundzwanzig Meter hinter ihnen ein älteres Ehepaar, bei dem der Mann alle Hände voll zu tun hatte, seine überängstliche Ehefrau zu stützen. Und der junge Mann, der noch ein Stück weiter hinten folgte, beschäftigte sich so intensiv mit seinem MP3-Player, dass er die Welt um sich herum vergessen zu haben schien. Ganz weit hinten kam schließlich ein Ehepaar, bei dem er sich fragte, wie die beiden überhaupt hier heraufgekommen waren. Der bestimmt bald achtzigjährige Mann war so schlecht auf den Beinen, dass seine Frau ihn führen und stützen musste, was ihrer ganzen Aufmerksamkeit bedurfte. Wie es schien, hatten sie tatsächlich den richtigen Zeitpunkt erwischt. Hätte er nicht diesen Eindruck gehabt, wäre Robby einfach weitergegangen, und an diesem Tag wäre nichts passiert. So war es vereinbart.

»Um Gottes willen, die arme Frau!«, schrie die etwa Sechzigjährige, die wegen ihrer Angstzustände auf dem schmalen, holprigen Pfad erst aufgeschaut hatte, als Ilona Stürmer laut schreiend den Abhang hinunterstürzte. »Sie wird sich doch nicht wehgetan haben?«

Ihr Mann, der von alledem noch weniger mitbekommen hatte, aber dennoch alles besser wusste, sagte mit erhobenem Zeigefinger: »Gabi, glaub mir, wer dort runterstürzt, der steht ganz bestimmt nicht mehr auf.«

»Wir werden wohl einen Notarzt brauchen«, meldete sich nun der junge Mann mit dem MP3-Player zu Wort.

»Wohl vor allem die Polizei, denn diese Frau braucht garantiert keine Hilfe mehr.«

Inzwischen waren weitere Leute herangekommen und diskutierten wild durcheinander, was sie gesehen hatten oder gesehen zu haben glaubten. Oder sie warfen, wie die zuletzt Hinzugekommenen, mehr oder weniger haltlose Theorien in die Runde. Einige hatten ihre Smartphones gezückt, um Hilfe zu rufen, doch an dieser Stelle des Weges gab es keinen Empfang.

Niemand achtete auf den Zwei-Meter-Mann, der ohne Gefahr, entdeckt zu werden, das Weite suchen konnte.

Die Menschentraube, die inzwischen auf bestimmt ein gutes Dutzend Personen angewachsen war, stand ratlos da und starrte auf die reglos daliegende Frau hinunter, die dreißig Meter tiefer verkrümmt auf einem scharfkantigen Felsblock hing. Unter ihnen Alex Stürmer, der völlig paralysiert wirkte. Das sechzigjährige Ehepaar, das in der größten Nähe des Sturzes gewesen war, behielt am ehesten den Überblick über die Situation.

»Gabriele«, sagte der Mann, »geh doch bitte zum Kiosk zurück und berichte dem Verkäufer, was passiert ist. Er soll Hilfe rufen und alles Nötige veranlassen. Ich bleib derweil hier und passe auf, dass der Mann keine Dummheiten macht oder gar abhaut.«

»Wieso sollte er?«

»Ich lege meine Hände nicht dafür ins Feuer, dass sie von selbst abgestürzt ist.«

Alex Stürmer, der direkt danebenstand, schien die Worte gar nicht zu hören. Gabriele Weinfels sah ihren Mann mit großen Augen an. Auf die Idee war sie noch gar nicht gekommen, da auch sie auf dem Weg ständig befürchtet hatte abzustürzen.

Während Frau Weinfels ihre Angst überwand und mit schnellen Schritten dem Kiosk entgegenstrebte, hatte ihr Mann alle Hände voll zu tun, den plötzlich zum Leben erwachenden Alex Stürmer davon abzuhalten, den Abhang hinunterzusteigen, was nicht nur äußerst gefährlich, sondern ohne Sicherung fast schon selbstmörderisch war.

Gabriele Weinfels hatte Glück, dass der noch ziemlich jugendliche Kioskverkäufer nicht nur ausgezeichnet Deutsch sprach, sondern den Ernst der Lage auch in Sekundenbruchteilen erfasste. Kurz entschlossen nahm er sein Handy und wählte die Nummer der örtlichen Polizeistation.

Peter Stettner, der am Tresen gerade eine Runde Cola und etwas zum Knabbern gekauft hatte, hörte automatisch mit, und sofort begann es in seinem Detektivgehirn zu arbeiten.

»Kann ich Ihnen irgendwie behilflich sein?«, fragte er und brachte die erworbenen Erfrischungen zum Tisch hinüber.

Gabriele Weinfels folgte ihm und sagte: »Ja, gern. Unser Bus fährt in einer halben Stunde, und es ist noch ein ganzes Stück zu laufen bis zu dem großen Parkplatz da unten. Wenn Sie so nett wären und mal ein Auge auf den armen Teufel werfen würden, dessen Frau den Abhang hinuntergestürzt ist. Mein Mann glaubt, dass er sie gestoßen hat, aber der sieht öfter mal Gespenster. Das hat nichts zu sagen. Falls die Polizei noch Fragen hat: Wir wohnen im Hotel Yellow Sun in Faliraki und heißen Ralf und Gabriele Weinfels.«

»Aber natürlich«, bot Peter so spontan an, dass Annika ihm nur noch einen bitterbösen Blick zuwerfen konnte, »wir kommen sofort nach.«

»Bravo, das hast du wieder besonders gut hinbekommen«, wetterte sie denn auch gleich los, als sich die Frau wieder in Richtung Unfallort auf den Weg gemacht hatte. »Du hättest uns wenigstens mal fragen können, ob es uns recht ist.«

»Klar ist es das«, sprang Stefan für seinen Freund in die

Bresche, »lasst uns gleich dorthin aufbrechen. Die Leute müssen fort.«

»Was meinst du, Verena?«, fragte Annika und warf ihr einen hilfesuchenden Blick zu.

»Tja, ich fürchte, da kommen die Detektive in ihnen durch. Aber wir haben doch gewusst, auf was wir uns mit denen einlassen. Sie geben jetzt bestimmt keine Ruhe mehr, bis sie mitermitteln dürfen.«

»Klaro«, sagte nun auch Sven, »schließlich müssen sie den hiesigen Beamten doch erklären, wie sie die Sache angehen würden.«

»Oh, meine Nerven«, stöhnte Annika auf.

Nur wenige Augenblicke später waren sie bei Alex Stürmer angekommen, der immer noch wie Espenlaub zitterte. Er saß inzwischen heftig schluchzend am Wegesrand und konnte noch immer nicht fassen, was geschehen war. Auch wenn seine Ehe ziemlich verfahren gewesen war und er seiner Ilona so manches Mal die Pest an den Hals gewünscht hatte, stand er nun doch unter Schock von der Erkenntnis, dass seine Ehe nun endgültig Geschichte war – Schluss und Ende. Darüber hatte er völlig vergessen, dass es noch so etwas wie die Außenwelt gab. Völlig apathisch starrte er vor sich hin und bekam nichts davon mit, dass die Angestellten der Stadtverwaltung den Weg zur Akropolis zwischen dem Ort und der Abzweigung beim Kiosk abgesperrt hatten, damit nicht immer weitere Touristen an der Unfallstelle stehen blieben und die in Kürze anlaufenden Ermittlungs- und Bergungsarbeiten behinderten.

Das Ehepaar Weinfels war unterdessen bestimmt schon unten angekommen, saß in seinem Reisebus und war froh, dem ermittelnden Beamten nicht dort oben Rede und

Antwort stehen zu müssen. Auch die anderen Touristen, die stehengeblieben waren, machten sich so langsam aus dem Staub, als sie hörten, die Polizei sei auf dem Weg hierher.

»Alle machen's richtig und setzen sich rechtzeitig ab, aber du …«, murrte Annika so leise, dass es nur Verena hörte, die unmittelbar neben ihr stand und die Zwillinge abschirmte, damit sie nichts davon mitbekamen.

»Es ist schlimm genug, Annika, dass alle sich absetzen, statt eine Aussage zu machen. Sie fürchten sich nur davor, Unannehmlichkeiten zu bekommen und ihre Urlaubszeit damit zu vergeuden. Ich möchte nicht in der Haut dieses Mannes stecken. Er wird sich jetzt die eine oder andere unangenehme Frage nach seinen Familienverhältnissen gefallen lassen müssen.«

»Danke, Verena«, sagte Peter schnell zu seiner Nichte und warf dann einen vielsagenden Blick auf Alex Stürmer. Es sah so aus, als wachte der gerade aus seiner Apathie auf.

»Mein Schatz, Ilona«, murmelte er vor sich hin, »wie konnte das nur geschehen?«

Entweder bist du ein hervorragender Schauspieler, oder es war wirklich ein Unfall, dachte Peter und fragte Stürmer ganz direkt: »Was haben Sie da gerade gesagt?«

Erst jetzt schien Alex Stürmer die Menschen um sich herum wahrzunehmen, und er sagte mit brüchiger Stimme: »Sie lief eben noch hinter mir, und plötzlich dieser Schrei … Wie soll ich das nur den Schwiegereltern beibringen?«

Genau in dem Augenblick trat ein uniformierter Polizist an die immer kleiner werdende Gruppe heran und überschüttete sie mit einem Schwall griechischer Worte. Da niemand ihn verstand, versuchte er es dann auf Englisch und fragte, ob alle Anwesenden bei dem Unfall dabei gewesen waren und wie es geschehen war.

»No«, sagten auf einmal alle und gestikulierten wild.

Keiner der Umstehenden hatte bemerkt, dass inzwischen auch ein zivil gekleideter Beamter von der Kripo hinzugekommen war. Erst als er sich in nahezu akzentfreiem Deutsch vorstellte: »Ich bin Kriminalkommissar Cleonis Cleonitidis von der Kripo in Rhodos-Stadt«, flogen alle Köpfe zu ihm herum. »Wer von Ihnen ist denn nun Augenzeuge dieses tragischen Vorfalls?«

Als niemand darauf etwas sagte, meinte er: »Okay, dann gehen Sie bitte alle weiter. Es ist schlimm genug, dass Sie hier alle möglichen Spuren zertrampelt haben. Und unqualifizierte Kommentare zu den Bergungsarbeiten brauchen wir wirklich nicht.«

Nach und nach entfernten sich alle Touristen. Nur die Taunus-Ermittler samt Anhang blieben an ihren Plätzen stehen.

Kommissar Cleonitidis drehte sich zu ihnen um und sagte scharf: »Das gilt auch für Sie. Schaulustige und ihre Sensationsgier sind mir ein Gräuel.«

»Mir auch«, sagte Peter und fuhr fort: »Ich muss trotzdem noch kurz mit Ihnen sprechen.«

»Oh, Entschuldigung, waren Sie es, der die Polizei gerufen hat?«

»Nein, aber das Ehepaar, das das übernommen hat, hat uns gebeten, Ihnen Namen und Adresse zu nennen, da sie ihren Bus erreichen mussten und ihre Zeit drängte.«

»Ach so«, sagte der Kommissar gönnerhaft, »wir hätten die beiden auch ins Hotel bringen können, aber immerhin …«

In der Zwischenzeit hatten sich die Bergungskräfte, Spurensicherer von der Kriminaltechnik und der Notarzt abgeseilt. Kommissar Cleonitidis trat nah an den Abgrund heran. Wie zu erwarten war, konnte der Arzt, der mit dem Kommissar per Handy in Verbindung war, nur noch den Tod der Frau feststellen und begann sie sogleich einer ersten Untersuchung zu unterziehen.

Dann drehte sich der Kommissar zu Alex Stürmer herum und fragte ganz direkt: »Das da unten ist Ihre Frau?«

»Ja, das ist Ilona.«

»Und wie heißen Sie beide vollständig?«

»Stürmer, Ilona und Alex, aber kann ich jetzt endlich hinunter zu ihr? Sie braucht doch meinen Beistand.«

Offenbar war er etwas verwirrt, und der Ernst der Lage war ihm noch nicht ganz bewusst geworden. Wahrscheinlich steht er noch unter Schock, dachte der erfahrene Kriminalbeamte, womöglich aus Entsetzen über die eigene Tat.

Um Licht ins Dunkel zu bringen, wählte er deshalb sehr viel drastischere Worte, als er es sonst getan hätte: »Ihre Frau war sofort tot, als sie auf dem Felsen aufschlug – Genickbruch, sagt der Notarzt. Warum haben Sie Ihre Frau gestoßen?«

»Nein, nein, das habe ich nicht!«, schrie Alex fast. »Warum auch? Wir hatten uns doch gerade erst wieder versöhnt.«

»Okay, lassen wir das mal so stehen, aber ...« Der Kommissar wandte sich wieder Peter zu. »Wie kamen Sie, Herr ... Stettner war Ihr Name? ... mit der ganzen Angelegenheit in Berührung?«

Nun erzählte Peter, unterstützt von den anderen, dass sie Alex und Ilona Stürmer bereits aus ihrem Hotel kannten und Zeugen so einiger Streitereien geworden waren. Den Ausflug heute hätten sie natürlich völlig unabhängig von den Stürmers geplant. Außerdem berichteten sie, wie Gabriele Weinfels an sie herangetreten war.

»Okay, das war's dann fürs Erste. Sie können jetzt gehen, aber halten sie sich bitte zu unserer Verfügung.«

Erst wollte Peter nicken, aber dann besann er sich und fragte: »Wozu denn? Wir haben doch alles gesagt, was wir wissen.«

Ohne auf den Einwand einzugehen, fuhr der Kommissar fort: »Ich werde morgen im Laufe des Tages auf Sie zukommen, und es wäre schön, wenn ich Sie im Hotel antreffen würde.«

»Moment mal, Herr Kommissar«, widersprach Peter energisch. »So geht das aber nicht. Da hilft man schon anderen Leuten und wird für seine Freundlichkeit damit bestraft, dass man das Hotel nicht verlassen darf. Wir haben für morgen einen organisierten Ausflug gebucht und können den nicht einfach so verfallen lassen. Ersetzen Sie uns die Kosten? Könnten wir uns nicht auf eine Zeit gegen Abend einigen? Schließlich ist es unser erster Urlaub seit Jahren, und auch der ist schon bald wieder zu Ende.«

Kommissar Cleonitidis dachte kurz nach, dann sagte er: »Okay, das kann ich gut verstehen. Ich bin zwischen achtzehn und neunzehn Uhr bei Ihnen im Hotel. Geht das für Sie in Ordnung?«

»Ja, klar.«

»Da Sie im gleichen Hotel wohnen, könnten Sie Herrn Stürmer mit zurücknehmen?«

»Leider nicht«, sagte Peter so frostig, dass man glaubte, seine Stimme komme aus einer Kühltruhe. »Unser Kleinbus ist bis auf den letzten Platz besetzt. Außerdem gehe ich davon aus, dass auch die Stürmers nicht mit dem Bus hierhergefahren sind. Der Wagen müsste also auch zurück nach Kolymbia gebracht werden. Allerdings sollten Sie Herrn Stürmer in seinem Zustand nicht selbst fahren lassen.«

»Sie haben recht«, sagte Cleonitidis gleichmütig. Peters ablehnende Haltung schien er nicht zu bemerken.

»Außerdem dachte ich, Sie glauben, dass Stürmer seine Frau gestoßen hat. Ist er nicht verhaftet?«

»Glauben ist nicht dasselbe wie beweisen, und Beweise gibt es zumindest im Moment noch nicht«, sagte der Kommissar erst ruhig, um dann verärgert über sich selbst auf Griechisch zu brummen: »Wie komme ich eigentlich dazu den Fall mit einem Außenstehenden zu diskutieren?«

»Wie gesagt, Sie können jetzt gehen«, sagte er anschließend wieder laut zu Peter. Dann drehte er sich abrupt um, ging zu seinen uniformierten Kollegen hinüber und diskutierte leise mit ihnen.

Nur kurze Zeit später kamen die beiden Familien ganz außer Atem und völlig verschwitzt bei den ersten Häusern von Lindos an. Da inzwischen die größte Mittagshitze, die selbst Mitte Oktober noch beachtlich sein konnte, vorüber war, begegneten ihnen wieder mehr Menschen, die zur Akropolis hinaufwollten, aber von der Polizeisperre am Ortsrand aufgehalten wurden. Während sie sich ihren Weg durch die murrende Menschenmenge bahnten, waren sie heilfroh darüber, noch bevor die Leiche geborgen war, dort oben weggekommen zu sein. Am Ende hätten sie noch hinter den Mitarbeitern des Gerichtsmedizinischen Instituts, die Ilonas Leichnam im Zinksarg nach unten trugen, hertrotten müssen.

Als sie im Ort an der erstbesten Abzweigung vom Hauptweg abgebogen waren, keuchte Verena: »Peter, mach doch mal ein bisschen langsamer. Hier kommen die nicht her. Außerdem habe ich höllischen Durst, und die Füße tun mir vielleicht weh. Geht es euch nicht ähnlich?«

Als ihr Annika zustimmte, nahm Peter seine Lebensgefährtin bei der Hand und zog sie kurzerhand mit sich in den nächstbesten Biergarten.

Alle anderen folgten ihnen, und kaum, dass sie saßen und etwas zu trinken bestellt hatten, sagte Annika, die aus ihren Schuhen geschlüpft war: »Ich wusste gar nicht, dass meine Füße so viele Knochen haben, wie mir jetzt wehtun«, und Verena stimmte ihr lachend zu.

Als der Kellner die Getränke gebracht hatte, sagte Annika seufzend zu Sven: »Ich hoffe, du kannst nach den dramatischen Ereignissen heute Nacht noch gut schlafen ….«

»Klar«, sagte Sven leichthin und schob nach: »Wobei ich auch gar nicht so früh ins Bett will.« Er sah seine Mutter bittend an.

»Ach, ich verstehe. Du willst in deinen Geburtstag hineinfeiern, du kleiner Schlawiner.«

»Du merkst aber auch alles, Mutti. Und wenn schon Schlawiner, dann wenigstens großer. Ich werde schließlich vierzehn.«

Noch bevor sie dieses Thema vertiefen konnten, sagte Peter nachdenklich: »Ich denke gerade über etwas nach …«, und trank einen großen Schluck von seiner Cola, die er wohl oder übel anstelle eines Biers bestellt hatte, da er sich bereiterklärt hatte zurückzufahren.

Die anderen sahen ihn erwartungsvoll an. »Um was geht's?«, fragte Stefan ungeduldig.

»Ob es so gut war, dass wir dem Kommissar davon berichtet haben, wie sehr sich die Stürmers gestritten haben. Sollte der Mann unschuldig sein, hätten wir ihn zu Unrecht in ein verdammt schlechtes Licht gerückt.«

Nachdem der Anschlag auf Alex Stürmer so ganz anders als geplant verlaufen war, hatte der Hüne schleunigst das Weite gesucht. Er hatte auf dem schnellsten Wege die Akropolis, Lindos und den Parkplatz verlassen und war schockiert, verwirrt und ziemlich kopflos erst einmal ein Stück in Richtung Kolymbia zurückgefahren. Unterwegs hatte er an einem Parkplatz angehalten, sich dort erschöpft auf einer Bank mit Meerblick niedergelassen und eine Weile unverwandt in die Ferne gestarrt. Allerdings hatte er weder Augen noch Ohren für die Wellen, die sanft gegen die felsige Küste schlugen. In seinem Kopf ging alles drunter und drüber.

Nur gut, dass es bereits Mitte Oktober war und die meisten Touristen die Insel bereits verlassen hatten. So konnte er ungestört hier sitzen, ohne aufzufallen. Nach außen hin wirkte er apathisch, fast erstarrt, aber in seinem Inneren rasten die Gedanken im Kreis, und er war kaum in der Lage, einen davon festzuhalten.

Was war denn eigentlich geschehen? Ein riesiges schwarzes Loch verdeckte den Moment, da er Alex Stürmer hatte in den Abgrund stoßen wollen. Das nächste Bild, das er vor Augen hatte, war, wie Ilona über die Kante stürzte. Hatte er sie statt Alex erwischt? Oder hatte der Mistkerl den Braten gerochen und war ihnen zuvorgekommen? War Ilona am Ende nur unglücklich gestolpert, und niemand hatte Schuld daran?

Er wusste später nicht mehr, wie lange er so dagesessen hatte, ohne auch nur einen klaren Gedanken fassen zu können. Es mochten Minuten gewesen sein – oder Stunden. Jedenfalls war ihm nun klar, dass – wenn er auch nicht wusste, wie – die Liaison mit Ilona heute ein grausames Ende gefunden hatte. Aber noch weit mehr schockierte ihn, dass er darüber bei allem Entsetzen auch Erleichterung empfand.

Noch immer fiel es ihm schwer sich einzugestehen, dass Ilona ihn von Anfang an manipuliert und zu ihrem Werkzeug gemacht hatte. Er war durch ihren Körper zu Wachs in ihren Händen geworden. Wie wäre es ihm wohl in einigen Jahren ergangen?

Als er etwas zur Ruhe kam und wieder klarer denken konnte, wurde ihm klar, dass bislang niemand von ihrer Verbindung wusste. Und das sollte auch möglichst so bleiben. Erfuhr die Polizei erst einmal von seiner Existenz oder gar von seiner Anwesenheit, als es geschah, würde er in arge Erklärungsnot geraten. Selbst wenn er, was ihm nach wie vor unklar war, Ilona nicht gestoßen haben sollte, könnte er zur Rechtfertigung seiner Anwesenheit am Unglücksort schlecht sagen: Ich war da oben, um Alex Stürmer in den Abgrund zu stoßen.

Zunächst einmal musste er also ins Hotel zurückkehren, als wenn nichts geschehen wäre. Als Nächstes würde er den Mietwagen zurückgeben und irgendwann in den nächsten Tagen, unter einem Vorwand, den er sich noch ausdenken musste, völlig unaufgeregt und ruhig das Hotel vorzeitig verlassen.

Mehr automatisch als bewusst sah er auf die wertvolle goldene Armbanduhr, die ihm Ilona geschenkt hatte, und erschrak. Mittlerweile war es so spät geworden, dass er sich beeilen musste, um noch etwas zum Abendessen zu bekommen.

Er sprang in den Leihwagen, startete mit quietschenden Reifen und raste Kolymbia entgegen, als wenn alle Polizei der Welt hinter ihm her wäre. Beinahe wäre er an der Abzweigung in die Eukalyptusallee vorbeigefahren. Erst im allerletzten Moment riss er das Steuer herum und brachte damit den Kleinbus, den er gerade erst überholt hatte, in arge Bedrängnis.

Nach dem gemeinsamen Abendessen spazierten die beiden Familien, wie es ebenfalls schon zum liebgewordenen Ritual geworden war, aus dem Hotel und der Eukalyptusallee entgegen. Da sie Sven versprochen hatten, in seinen Geburtstag hineinzufeiern, mussten sie die Zwillinge bei Laune halten, damit die nicht vorzeitig müde wurden. Bei jedem Geschäft mit Strandspielzeug in der Auslage mussten sie stehenbleiben, bis die Kleinen sich an Eimerchen und Schaufeln sattgesehen hatten und einige davon im Einkaufskorb gelandet waren. So kamen sie erst sehr viel später als geplant bei dem Gartenlokal an, das Sven an einem der Vorabende entdeckt hatte und in das er so gern gehen wollte.

»Hübsch sieht es hier aus«, sagte Annika zu ihrem Sohn, »das hast du gut ausgesucht. Wollen wir uns gleich hier vorn zur Straße hin setzen?« Sie zeigte auf zwei Tische neben Blumenrabatten.

»Ja, da sitzt man sehr gut, und vor allem bekommt man viel frische Luft«, sagte Verena.

»Von den vorbeifahrenden Autos«, gab Stefan lachend zu bedenken, und Sven meinte: »Und reichlich Ungeziefer aus den Blumen.«

Nachdem sie sich also doch für einen Platz etwas weiter im Lokal entschieden, Platz genommen und etwas zu trinken bestellt hatten, sagte Peter: »Na, nun seht doch nicht so belämmert in die Runde. Erzählt doch mal was.«

»Ja«, begann Stefan, »dieser Hyundai, der uns vorhin geschnitten hat, als wir zurückkamen. Habt ihr den Mann am Steuer gesehen?«

»Nein, was war mit ihm?«, fragte Peter.

»Irgendwie hatte ich das Gefühl, den habe ich schon mal gesehen.«

»O nein! Nicht schon wieder. Wir sind im Urlaub«, rief Verena erbost aus – und bekam zu ihrer Verwunderung Schützenhilfe von ihrem Onkel: »Stefan, lass das jetzt mal. Heute wollen wir Svens Geburtstag feiern.«

»Danke, Peter«, sagten Annika und Verena fast gleichzeitig. Und in den nächsten Stunden sprach niemand über Ermittlungen oder Verbrechen irgendwelcher Art.

Erst als Annika sich nach Verenas Freundin Andrea Dehler[2] erkundigte, waren die Ereignisse des vergangenen Jahres wieder präsent, als Verena und Annika versucht hatten, Andrea aus der Gewalt ihres brutalen Freundes zu retten. Dabei waren sie selbst als Geiseln genommen worden.

»Mal so, mal so«, meinte Verena. »Ihre Mutter hat mir erzählt, dass sie an manchen Tagen gelöst ist wie früher. Aber an anderen Tagen spricht sie immer noch unentwegt davon, sich das Leben zu nehmen.«

»Ein Glück zumindest, dass sie den Kerl endlich los ist«, meinte Peter und dachte an ihrer aller Freund Kommissar Claus Mergentheimer von der Hofheimer Kripo, der damals von den Frauen zur Hilfe gerufen worden war und den Schusswechsel mit Markus Mautz schwer verletzt überlebt hatte.

»Das ist nichts für heute Abend«, sagte Verena, und Sven sah sie dankbar an, denn immer, wenn das Gesprächsthema aufkam, musste er daran denken, wie sehr auch seine Mutter unter den Folgen der Geiselnahme zu leiden gehabt hatte.

---

2 Vgl. Die Taunus-Ermittler – Band 8 – Völlig willenlos.

Da war es doch schon viel lustiger, dass alle um viertel vor zwölf einen Cocktail bestellten, auch wenn in seinem verständlicherweise kein Alkohol enthalten war. Um Punkt Mitternacht stießen sie damit auf Svens Wohl an, und auch die Zwillinge, die schon eine ganze Weile zu schwächeln begonnen hatten, gratulierten ihm.

»Einen Augenblick bitte«, rief am nächsten Morgen eine Stimme hinter ihnen, als sie gerade in ihren Mietwagen einsteigen wollten.

Erstaunt fuhr Peter herum und hätte beinahe Kommissar Cleonitidis umgerannt, der von hinten an ihn herangetreten war.

Obwohl Peter selbst kein bisschen besser war, dachte er: O nein, hat man denn vor dem Mann niemals Ruhe? Wir sind im Urlaub und nicht bei der Arbeit. Laut sagte er aber: »Was machen denn Sie zu solch früher Morgenstunde hier? Sie wollen jetzt aber nicht zu uns, oder?«

»Unter anderem schon. Hätten Sie ein paar Minuten? Es dauert gewiss nicht lange.«

»Eigentlich nicht. Wir brechen gerade zu einem Ausflug auf. Aber wir liegen gut in der Zeit, wenn es schnell geht, soll es uns recht sein.«

»Wollten Sie nicht einen organisierten Ausflug machen?«, fragte der Kommissar, und Peter dachte: Das hat der behalten? Hätte ich ihm nicht zugetraut. Aber er kommentierte es nicht.

»Kommen Sie, setzen wir uns für einen Moment ins Hotelfoyer, da plaudert es sich bequemer.«

Während sie die wenigen Schritte vom Parkplatz ins Foyer zurückgingen, fiel Peter erneut auf, wie gut, nahezu akzentfrei, der Kommissar Deutsch sprach.

Deshalb sagte er auch rundheraus: »Bei allem Verständnis für Ihre Arbeit, Herr Kommissar. Wir sind hier im Urlaub und wollen etwas von Ihrer wunderschönen Insel sehen. Allerdings keine Leichen.«

»Danke für das Kompliment«, sagte der Kommissar, lächelte und schwieg.

»Würden Sie jetzt bitte zur Sache kommen?«

»Natürlich. Für uns ist jedes Detail, das Sie zur Sache aussagen können, wichtiger denn je. Die Gerichtsmedizin hat festgestellt, dass die Frau definitiv gestoßen wurde, wir haben es hier also mit einer Mordermittlung zu tun.«

»Schön für Sie, und?«, fragte nun Stefan.

»Meine Leute sind gerade auf dem Weg, Alex Stürmer zu verhaften. Die Leiche wies auch ältere blaue Flecken auf, die den Schluss zulassen, dass ihr Mann sie auch früher schon geschlagen hat. Die Obduktion wird weitere Aufschlüsse bringen. Bitte denken Sie noch einmal in Ruhe nach, ob Ihnen sonst noch etwas einfällt.«

»Nach unserem Ausflug jederzeit und gerne, aber jetzt müssen wir los. Unser Urlaub geht schon sehr bald wieder zu Ende, und wir haben noch nicht einmal richtig angefangen uns zu erholen.«

»Ich kann Sie verstehen, aber bevor ich es vergesse: Wie heißen noch einmal die Leute, die dafür gesorgt haben, dass wir alarmiert werden? Mein Assistent Spiros, dieser … findet die Notiz nicht mehr.«

»Wirklich gut gemacht«, sagte Peter grinsend, um sich dann nachdenklich zu fragen: »Wo habe ich denn nur meinen Zettel gelassen? Ach ja, jetzt fällt es mir wieder ein. Als ich gestern meine Hosentaschen geleert habe, ist er in den Müll gewandert. Tut mir leid.«

»Wollen Sie mich auf den Arm nehmen?«

»Das werde ich wohl kaum schaffen.«

Kommissar Cleonitidis verzog säuerlich die Miene, und Peter entschuldigte sich schnell.

Dann durchsuchte er erneut sorgfältig seine Hosentaschen und zuckte anschließend bedauernd die Schultern.

»Sie machen's mir aber auch nicht leicht«, stöhnte der Kommissar auf, da sagte Sven: »Meinst du den Wisch hier, Peter?«

»Ja, Sven, genau den. Wie kommst du denn dazu?«

»Ich habe gesehen, wie dir der Zettel aus der Hose gefallen ist, als du sie gestern Abend über den Stuhl gehängt hast. Als ich las, was draufstand, habe ich gedacht: Heb ihn auf, wer weiß, wozu er noch gut ist.«

»Bravo, das hast du gut gemacht«, lobte Peter Sven, und an Kommissar Cleonitidis gewandt sagte er: »Das war das Ehepaar Weinfels aus dem Hotel Yellow Sun in Faliraki. Brauchen Sie uns noch, oder dürfen wir jetzt fahren?«

»Selbstverständlich. Wo soll es denn hingehen?«

»Nach Kamiros.«

»Ah, Sie interessieren sich auch für die Antike. Das finde ich gut«, sagte der Kommissar, und Sven machte große Augen, da er von dem Ziel zum ersten Mal hörte.

Annika, die ahnte, was Peter mit dieser kleinen Lüge bezweckte, gab ihrem Sohn ein Zeichen, still zu sein, und prompt sagte der Kommissar auch: »Ich möchte Sie bitten, doch bei Gelegenheit mal aufs Präsidium zu kommen. Wir müssen das alles zu Protokoll nehmen.«

»Schon klar, wir müssen unterzeichnen. Mal sehen, wie unser Programm das zulässt.«

»Am besten wäre es heute oder morgen, da habe ich bis zwanzig Uhr Bereitschaftsdienst. Das Präsidium liegt übrigens in Rhodos-Stadt unweit des Hafens.«

»Wie kommen wir denn dorthin?«, fragte Stefan.

»In der Nähe des Busbahnhofs an der Platia Rimini gibt es genügend Parkplätze. Da können Sie Ihren Wagen abstellen. Von dort aus ist es nur noch ein kleiner Spaziergang. Sie gehen einfach am Hafen entlang am Justizpalast vorbei und hinter der Post in die breite Straße hinein, die in die Stadt weist. Wenn Sie links auf die Feuerwache stoßen, sind Sie gleich da. Es ist nicht zu verfehlen.«

Peter hatte den Wagen noch nicht bis zur Eukalyptusallee gelenkt, als Sven murrte: »Fahren wir wirklich nach Kamiros? Noch mal bei sengender Hitze über ein Trümmerfeld latschen, das halte ich nicht aus.«

»Keine Angst, wir fahren schon nach Rhodos-Stadt, aber das braucht der Kommissar nicht zu wissen. Meint ihr, ich lass mir von dem für heute einen Termin aufs Auge drücken und so den Ausflug verderben? Nein, sollte es heute Abend zufällig in unseren Plan passen, okay, ansonsten muss er warten, bis wir Zeit für ihn haben.«

Sven grinste und wollte gerade etwas antworten, da fiel sein Blick aus dem Seitenfenster des Kleinbusses. »Seht mal, wer uns da gerade überholt.«

»Die Polizei, dein Freund und Helfer«, sagte Verena, die eine Reihe vor Sven saß.

Auf dem Rücksitz des Polizeiwagens saß Alex Stürmer, und die Verzweiflung, die dem Mann ins Gesicht geschrieben stand, konnte man noch durch die Scheiben deutlich sehen.

»Der arme Mann«, sagte Sven mitfühlend, und Annika stimmte ein: »Ich kann es gar nicht glauben, dass er seine Frau gestoßen haben soll.«

»Ich ehrlich gesagt auch nicht«, meinte nun auch Verena.

»Obwohl ich es fast verstehen könnte, da er unter dieser Furie weiß Gott genug zu leiden hatte.«

»Sieh es doch mal von der Seite«, erwiderte Annika, die neben Verena saß. »Der Kommissar macht mir einen kompetenten Eindruck, und wenn er sagt, Stürmer war es, dann wird es so gewesen sein. Dann gibt es auch keinen Grund für unsere Männer, sich in die Ermittlungen einzuklinken, weil sie mal wieder nicht einverstanden sind.«

»Wer sagt denn sowas?«, meinte Stefan von vorn.

Alex Stürmer saß wie gelähmt auf dem Rücksitz des alten Polizeiwagens, der mit aberwitziger Geschwindigkeit Rhodos-Stadt entgegenbrauste. Seit seiner Verhaftung waren seine Gedanken immer wieder um das Eine gekreist. Dass seine Ilona tot war, und dass man ihm vorwarf, sie getötet zu haben.

Auch wenn sich in seinem Kopf, sobald er an den Vortag dachte, sofort ein regelrechtes Chaos breitmachte und die Erinnerungen an die letzten Sekunden vor dem Sturz nur schemenhaft vorhanden waren, so war er doch ganz sicher, dass er sie nicht gestoßen hatte. Der eine Moment stach in seinem Gedächtnis glasklar hervor: der Schrei, und wie er sich dann umdrehte und sie abstürzen sah. Aber niemand glaubte ihm.

Je näher sich die Fahrt ihrem Zielort näherte, umso stärker begann er zu zweifeln. Hatte er sie vielleicht doch gestoßen und die Erinnerung daran verdrängt? Aber warum hätte er das tun sollen? Weil sie ihn nicht mehr liebte? Hatten sie sich nicht versöhnt? Bildete er sich das am Ende auch nur ein, weil er unbedingt glauben wollte, er hätte gar kein Motiv?

Wenn ihm schon seine Erinnerungen an die Zeit vor dem

Sturz einen Streich spielten – gab es denn niemanden, der gesehen hatte, was wirklich geschehen war? Der Kommissar behauptete, es gäbe keine Augenzeugen.

Aber auch seine immer wieder zum Vorabend zurückkehrenden Gedanken machten ihm schwer zu schaffen. Da hatte er schweren Herzens und von heftigen Magenschmerzen geplagt seine Schwiegereltern angerufen. Er hatte ihnen nur grob umrissen, was geschehen war, da hatten ihn Rudolf und Ursula Urbanski nicht mehr zu Wort kommen lassen und mit einer Schimpfkanonade überzogen, die jeden Versuch der Verteidigung überflüssig machte. Außerdem war Evelyn, Ilonas ältere Schwester, gerade bei ihren Eltern zu Besuch gewesen und hatte das Gespräch mit angehört. Die Worte, mit denen sie ihn bedachte, waren so hart gewesen, dass er einfach aufgelegt hatte.

Wäre da nicht der abschließende Anruf bei seinem Vater gewesen, der bedingungslos hinter seinem Sohn stand und versprochen hatte, ihm umgehend einen guten Strafverteidiger zu besorgen, er wüsste nicht, was er getan hätte. Alex fühlte, dass er schon fast so weit gewesen war, sich aus Verzweiflung das Leben zu nehmen. Hätte sein Vater ihn nicht beruhigt und so weit wiederaufgebaut, dass er in der vergangenen Nacht sogar zwei Stunden schlafen …

Der Polizeiwagen hielt an, und Alex Stürmer kam allmählich in die Realität zurück.

Aber erst als Kommissar Cleonitidis in seinem Büro scharf zu ihm sagte: »Los, Herr Stürmer, erleichtern Sie endlich Ihr Gewissen und gestehen Sie«, war er vollkommen im Hier und Jetzt angekommen und erklärte mit für ihn selbst erstaunlich fester Stimme: »Ich kann doch nicht gestehen, was ich nicht getan habe.«

Auch Robby hörte nicht auf zu grübeln. Er versuchte zwar, da er sich nun nicht mehr vor dem inzwischen verhafteten Alex Stürmer zu verstecken brauchte, seinen Urlaub zu genießen, aber so recht gelang ihm das nicht. Immerhin war er sich inzwischen vollkommen sicher, die Frau, die er seit mehr als einem Jahr begehrt und geliebt zu haben glaubte, getötet zu haben. Auch wenn ihm der genaue Ablauf immer noch unklar war, wurde die Erleichterung, ihrer Umklammerung entkommen zu sein, immer größer und ließ ihn fast schon ein bisschen Angst vor sich selbst bekommen. Dabei erleichterte es ihn nicht im Geringsten, dass sogar Alex Stürmer ihn nicht bemerkt zu haben schien.

Du meine Güte, was ist denn das für ein Mann?, dachte er. Der Kerl hat wirklich das Temperament von einer Schachtel Schlaftabletten. Kein Wunder, dass Ilona ihn pausenlos betrogen hat. Zuerst mit anderen, dann nur noch mit mir. Das ist jetzt auch vorbei.

Mit Grausen dachte er daran, wie sehr er erschrocken war, als am Morgen die Bullen im Hotel aufgetaucht waren. Im ersten Augenblick hatte er vermutet, dieser Stürmer habe ihn als einen der Gäste hier im Hotel wiedererkannt, die Polizei gerufen, und alles sei aus. Als er aber wenige Minuten später gesehen hatte, wie Stürmer aus dem Speisesaal abgeführt wurde, war ihm klar, dass er, zumindest vorerst, aus dem Schneider war.

Immer weniger konnte er der Einsicht ausweichen, dass Ilona seine Liebe zu ihr nur benutzt hatte. Sie war eine Frau mit enormer krimineller Energie gewesen. Gegen sie war selbst er, Geldeintreiber eines Kredithais und im Job alles andere als zimperlich, nur ein kleines Licht. Einen negativen Aspekt hatte der Tod Ilonas aber doch. Das Leben in Saus und Braus, das er ein Jahr lang an ihrer Seite genießen durfte, war nun schlagartig vorüber. Nur gut, dass Ilona ihm am Samstag noch einmal siebenhundert Euro zugesteckt hatte. So konnte er die letzten Tage seines Urlaubs auf Rhodos wenigstens genießen und musste nicht jeden Cent dreimal umdrehen.

Am Anfang ihrer Beziehung hatte er noch geglaubt, mit ihr zusammen ein neues, besseres Leben anfangen zu können – abseits des kriminellen Milieus in Wiesbaden, in dem er sich bewegte, seit er denken konnte. Solange er ihr noch nicht vollkommen verfallen war, hatte sie ihn in dem Glauben gelassen, dass sie das Geld besitze und Alex der Schmarotzer sei, der sie ausnahm. Erst vor gut vier Monaten war sie mit der Wahrheit herausgerückt, und auch dann hatte er nur häppchenweise erfahren, was sie für die Zukunft plante. Warum es dann aber plötzlich so schnell gehen musste, blieb ihm ein Rätsel.

Hätte er früher darüber nachgedacht, wäre ihm schon eher der Verdacht gekommen, dass Ilona in ihm, dem kleinen Kriminellen aus dem Milieu, nur ein willfähriges Werkzeug gesehen hatte, um ihren mörderischen Plan voranzutreiben. Dass er ihr im Bett genau das geben konnte, was sie bei ihrem Mann offenbar vermisst hatte, war wohl eine glückliche Fügung gewesen.

Ja, vielleicht hatte sie ihn in der kleinen Bar unweit des Wiesbadener Hauptbahnhofs überhaupt nur angesprochen, weil er genau in ihr Beuteschema passte. Das würde aber auch bedeuten, dass es von ihrer Seite aus keinesfalls Liebe oder wenigstens Zuneigung zu ihm gewesen war. Aber daran hatte er schon früher nicht denken wollen, und er wollte es auch jetzt nicht. Die Erinnerung an ihre schönen gemeinsamen Stunden musste um jeden Preis hochgehalten werden.

Nicht zuletzt darum saß er bereits am späten Vormittag leicht lallend beim Wirt der kleinen Gaststätte mitten in Kolymbia und bestellte seinen vierten Krug Wein.

5.

Während die beiden Familien mit ihrem Kleinbus auf dem Parkplatz unweit des Hafens in Rhodos-Stadt einparkten, fuhr der Kommissar mit seinem Wagen nach Faliraki. Es war noch nicht ganz elf, als er vor dem Hotel Yellow Sun vorfuhr. Behände stieg er aus, strebte der Rezeption entgegen und fragte den missmutig dreinschauenden Portier, in welchem Zimmer das Ehepaar Weinfels wohne und ob sie da seien.

»Da haben Sie leider Pech«, antwortete der Pförtner und grinste plötzlich. »Diese Leute reisen heute ab und haben bereits ausgecheckt.«

»Auch das noch«, stöhnte der Kommissar auf, und es schien, als ob der Mann von der Rezeption, der sich offensichtlich danach sehnte, dass die lange Saison endlich zu Ende ging, nun Mitleid mit ihm hatte.

Denn als der Beamte sich gerade verabschieden wollte, sagte er: »Der Bus, der die beiden zum Flughafen bringt, war noch nicht da. Ich sehe schnell mal nach, wann sie abgeholt werden.«

»Danke.«

Der Rezeptionist kramte eine ganze Weile in seinen Listen, bis er die richtige fand. »Das Ehepaar wird um dreizehn Uhr zehn hier abgeholt. Es sind die einzigen Gäste aus diesem Hotel, und Sie können sie gar nicht verfehlen.«

Der Kommissar bedankte sich und ging wieder hinaus ins Freie, denn an diesem Vormittag war die Luft noch angenehm frisch, und der Sommer würde auch auf dieser Sonneninsel irgendwann demnächst zu Ende gehen. Er beschloss, hier, wo der Bus abfuhr, zu warten, denn da er nicht wusste, wie sie aussahen, hätte es nur wenig Sinn gehabt, auf die Suche nach ihnen zu gehen.

Er schlenderte zu seinem Wagen zurück, setzte sich hinein und dachte über den Fall nach. Dabei behielt er jedoch den Vorplatz des Hotels immer im Auge.

Dennoch hätte er das Ehepaar Weinfels genau eine halbe Stunde später beinahe verpasst. Er hatte nur kurz nach unten gesehen, um einen neuen Sender im Autoradio einzustellen, da waren die beiden aus dem Hotel getreten. Während der Mann langsam zur Straße schritt, war die Frau noch einmal zurückgegangen. Hätte Kommissar Cleonitidis das nicht gesehen, wäre er nicht auf die Idee gekommen, den ungefähr sechzigjährigen Herrn anzusprechen.

So aber stieg er aus seinem Wagen, ging er auf ihn zu und sagte: »Guten Tag, ich suche das Ehepaar Weinfels.«

»Na prima, Sie haben uns gefunden. Meine Frau kommt gleich, sie ist sich noch mal frischmachen. Wer, bitte schön, sind Sie denn?«

»Mein Name ist Cleonitidis, ich bin Kommissar bei der Kriminalpolizei in Rhodos-Stadt. Ich müsste mit Ihnen kurz über den, sagen wir mal, Vorfall an der Akropolis von Lindos sprechen.«

»Wenn es unbedingt sein muss …«

Sie nahmen auf einer Bank Platz, da kam Gabriele Weinfels auch schon zurück.

Ihr Mann stellte sie einander vor, und Cleonitidis fragte: »Wie hat es Ihnen denn auf Rhodos gefallen?«

»Wunderbar«, sagte Gabriele Weinfels. »Nur der Ausflug nach Lindos wird uns nicht in guter Erinnerung bleiben.«

»So etwas erlebt man schließlich nicht alle Tage«, fügte ihr Mann hinzu. »Über unseren Urlaub wollten Sie aber bestimmt nicht mit uns sprechen, stimmt's?«

»Richtig. Darum gleich zur Sache: Wir gehen davon aus, dass es sich bei dem Vorfall um Mord handelt ...«

»Wie bitte?«

»Sie haben richtig gehört. Deshalb müssten Sie mir genau berichten, was Sie beobachtet haben, als Sie den Weg entlanggegangen sind.«

»Nichts! Wir waren, ehrlich gesagt, so sehr mit uns selbst beschäftigt, dass wir erst bemerkten, was los ist, als die Frau schreiend in den Abgrund stürzte«, sagte Ralf Weinfels mit einem schnellen Seitenblick auf seine Frau, die sofort rot anlief.

»So schlimm habe ich mich beim Abstieg nun auch wieder nicht angestellt!«, sagte sie.

Man sah dem Kommissar direkt an, wie enttäuscht er war. Deshalb sagte Herr Weinfels schnell: »Die anderen Zeugen haben vielleicht mehr gesehen.«

»Das wäre dann auch schon meine nächste Frage. Was können Sie mir zu den anderen Zeugen sagen? Die haben sich schleunigst abgesetzt, als die Polizei kam.«

»Da war ein altes Ehepaar deutlich hinter uns.«

»Stimmt, diese Leute haben sich bei uns gemeldet, da muss ich auch noch hin.«

»Wenn Sie schon alles wissen, warum fragen Sie uns dann noch? Eigentlich wollten wir dort drüben in der Bar unseren Abschiedsdrink nehmen. Aber dazu ist es inzwischen schon zu spät.«

»Entschuldigung, aber wollen Sie denn nicht auch, dass der Täter gefasst wird?«

»Natürlich. Es ist auch nicht schlimm, wenn mal ein Cocktail ausfällt«, sagte Gabriele Weinfels grinsend.

»Wer war denn noch auf dem Weg unterwegs?«

»Ziemlich dicht hinter uns ging ein junger Mann«, sagte Ralf Weinfels, aber seine Frau sah ihn nachdenklich an und meinte, es könnte auch eine Frau gewesen sein, da er oder sie so lange Haare hatte.

»Auf jeden Fall ging er oder sie ziemlich schnell. Kurz nach dem Schrei hat diese Person, nennen wir sie einmal so, uns gleich überholt und ist auch nicht stehen geblieben.«

»Meinen Sie, diese Person könnte irgendetwas damit zu tun haben?«

»Zumindest nicht direkt – denn er, oder vielleicht sie, wie meine Frau meint – hat uns erst überholt, als die Frau bereits in den Abgrund gestürzt war.«

»War sonst noch jemand auf dem Weg?«

»Nicht, dass ich …«, begann Ralf Weinfels, aber seine Frau unterbrach ihn. »Doch, das Ehepaar Hentschel könnte bereits auf dem schmalen Weg nach unten gewesen sein.«

»Stimmt!«

»Wer ist das?«, fragte Cleonitidis erstaunt. Von einem dritten Paar war bislang nicht die Rede gewesen.

»Wir haben die beiden oben auf der Akropolis kennengelernt, weil sie, anstatt die Schönheit des Ortes zu bewundern, wild knutschend in einer Ecke standen.«

»Ja, mein Mann hatte natürlich nichts Besseres zu tun, als die Leute sofort anzuquatschen. Dabei stellte sich heraus, dass sie nur unwesentlich jünger als wir und zudem frisch verheiratet sind. Es war ihre Hochzeitsreise. Als wir dann auch noch feststellten, dass wir alle vier im Sauerland geboren und uns ausgesprochen sympathisch sind, haben wir Namen und Adressen ausgetauscht und waren gestern Abend zusammen aus. – Aber was ich eigentlich sagen wollte: Die beiden sind zwar um einiges später dort oben losgelaufen als wir, aber sie waren dafür auch deutlich schneller.«

»Wissen Sie auch, wo die Leute hier auf der Insel wohnen?«

»Auch hier in Faliraki. Im Hotel Olympia Beach, zweihundert Meter die Straße runter. Die beiden sind jetzt aber bestimmt nicht da. Soviel ich weiß, haben sie für heute einen organisierten Ausflug gebucht.«

»In Ordnung ... das ist jedenfalls ein wertvoller Hinweis. Ich wünsche Ihnen alles Gute für Ihren Heimflug. Und kommen Sie bald wieder auf unsere schöne Insel!«

»Danke, das werden wir tun.«

Während der Kommissar nicht gerade unzufrieden in Richtung Rhodos-Stadt zurückfuhr, betrachteten die beiden Familien die riesigen Ausflugs- und Kreuzfahrtschiffe im Hafen aus der Nähe.

Sven war fasziniert von diesen Kolossen, die zum Teil Tausende von Menschen über alle Weltmeere beförderten. Er glaubte förmlich den Hauch der großen weiten Welt zu spüren. Annika hingegen beäugte die stählernen Riesen eher misstrauisch, die da an den Molen festgemacht hatten.

Ganz besonders unangenehm waren ihr aber die Busse, die unablässig in den Hafen kamen, um Urlauber auszuspucken, die es auf die Fährschiffe in die Türkei drängte.

»Ich möchte mal wissen, was die dort drüben eigentlich wollen«, sagte Peter. »Ich fühle mich hier bedeutend wohler.«

»Das kann ich gut verstehen, bei dem, was da drüben so abgeht«, stimmte Annika ihm zu.

»Es ärgert mich einfach tierisch«, fuhr Peter aufgeregt fort, »dass in der Türkei die Rechte von Minderheiten – und zwar nicht nur die der Kurden – nichts wert sind und jeder Andersdenkende quasi zum Abschuss freigegeben ist. Erinnert ihr euch noch an Bülent?«

»Klar doch«, sagte Stefan, »ist gerade mal gut vier Jahre her. Damals war Verena schwanger ... aber ich weiß, worauf du hinauswillst.« Diesen linken Journalisten Bülent Demirel hatten sie kennengelernt, als sie in Sachen Gewalt und Erpressung an einer Schule ermittelt hatten.[3]

»Genau. Wenn alle Türken so wären wie er, wäre es ein wunderschönes Land, in das ich gerne reisen würde. Aber so – da nicht nur Journalisten sich sehr genau überlegen müssen, was sie sagen oder schreiben, um nicht in Ungnade zu fallen, und diese Haltung der Staatslenker auch in der Bevölkerung immer mehr Rückhalt zu finden scheint – ist das bis auf Weiteres kein Land mehr für mich. Dagegen ist es geradezu eine Lappalie, dass ich jeden Tag mein Stück Schweinefleisch auf dem Teller brauche.«

»Wenn es nur eines wäre«, sagte Annika, um Peters Rede zu unterbrechen, der gerade dabei war, sich so richtig in Rage zu reden. Als er die Augen verdrehte, fügte sie hinzu: »Aber im Grunde hast du recht. Auch mich bringen keine zehn Pferde dort hin.«

»Du musst nicht reiten, Mutti, es fahren auch Schiffe«, sagte Sven grinsend, und Annika antwortete unsicher: »Schlimm genug.«

»Wieso?«

»Mir reicht die Aussicht auf Freitag«, gestand sie zaghaft mit Gedanken an den geplanten Schiffsausflug nach

---

3   Vgl. Die Taunus-Ermittler-Band 5-Blanke Gewalt.

Symi. »Ich freu mich jetzt schon darauf, hier in Rhodos-Stadt wieder festen Boden unter die Füße zu bekommen. Die Vorstellung, jede Menge Wasser unterm Kiel zu haben, macht mich panisch.«

»Hättest du uns das nicht sagen können, bevor wir gebucht haben?«, fragte Peter.

»Ich wollte euch den Spaß nicht verderben.«

Nachdem sie sich länger am Hafen aufgehalten hatten als geplant, spazierten sie nun schneller durch den ehemaligen Flutgraben, der die Altstadt umgab. Zur einen Seite ragte die Stadtmauer annähernd zehn Meter in die Höhe, und auch die andere Seite des breiten Grabens war durch eine mächtige Mauer befestigt. Prächtige Blumen wuchsen stellenweise an der äußeren Mauer empor, und Stefan meinte, von Nordosten her in die Stadt hineinzugehen sei erheblich schöner, als direkt durch das Stadttor am Hafen zum Hippokrates-Platz, dem Hauptplatz, zu laufen.

»Wie schön das hier aussieht!«, staunte Sven, und Annika rief begeistert: »Es hat sich jetzt schon gelohnt, hierher zu fahren.«

Sven schoss ein Bild nach dem anderen, aber auch Verena und Stefan, die das alles schon kannten, waren aufs Neue überwältigt.

Etwas später bogen sie um die Nord-Ost-Ecke der Stadtmauer. Schon von Weitem sahen sie eine schmale, steile Treppe, die zu einem winzigen Torbogen führte, durch den man in die Stadt gelangen konnte.

»O nein, nicht schon wieder Treppen«, stöhnte Verena. »Das hatte ich gar nicht mehr so in Erinnerung.«

»Schlimmer als der Aufstieg in Lindos kann es auch nicht werden«, vermutete Annika, und Stefan sagte grinsend:

»Die Alternative wäre der Weg zu der Brücke da hinten, und auch da müssten wir erst mal hochsteigen.«

Als sie an der Treppe angekommen waren, meinte Anina: »Papi, nimm mich hoch!«, und Alina stimmte ein: »Mich auch!«

Während Stefan etwas belämmert dreinschaute, sagte Verena grinsend: »Das macht Papa mit mir den ganzen Tag«, und Alina trompetete heraus: »Ach, deswegen.«

»Wie meinst du das?«

»Papa sagt doch immer, dass ihm die Arme wehtun.«

Alle lachten, und selbst Stefan, der nicht recht wusste, ob er sich über die Äußerung seiner Frau ärgern sollte, musste grinsen.

»Komm, Alina, wir schaffen das gemeinsam«, sagte Annika und nahm die Kleine bei der Hand, während Anina die Hand ihrer Mutter ergriff.

Nur wenige Minuten später traten sie alle durch das kleine Tor und standen staunend auf einer der Hauptstraßen der verkehrsberuhigten Innenstadt. »Na, haben wir euch zu viel versprochen?«, fragte Stefan die anderen.

»Nein, ganz bestimmt nicht«, sagte Peter, und Sven, der von allen am meisten ins Schwärmen kam, sagte: »Hier komm ich in ein paar Jahren noch mal her.«

»Wann gibt's denn was zu essen?«, fragte Peter.

»Dazu kommen wir jetzt«, sagte Stefan, »deshalb haben wir euch hierhergeführt. Als Verena und ich zum ersten Mal hier waren, haben wir ein herrliches Lokal entdeckt, in dem man vorzüglich speisen kann, und der Wein ist echt süffig.«

»Denk dran, wir müssen auch wieder zurückfahren«, mahnte Verena.

»Bis dahin ist doch noch stundenlang Zeit«, sagte selbst

Annika, und Peter fügte hinzu: »Außerdem wollt ihr doch sicher noch sämtliche Souvenirshops der Stadt unsicher machen, stimmt's?«

Am Nachmittag fuhr der Kommissar wieder nach Faliraki, denn der Portier des Hotels Olympia Beach hatte ihm per Handy mitgeteilt, dass das Ehepaar Hentschel von seinem Ausflug zurück war.

Mal sehen, dachte er, ob die beiden etwas dazu beitragen können, Licht ins Dunkel zu bringen. Leider hatten all die Leute, die zur Tatzeit an der Akropolis unterwegs waren, nichts gesehen, was ihn und seine Kollegen weiterbrachte. Das könnte immerhin bedeuten, dass die Tat so profihaft, eiskalt und blitzschnell ausgeführt worden war, dass niemand auch nur das Geringste mitbekommen hatte. Alex Stürmer klang so überzeugend, wenn er sagte, dass er es nicht war.

Seiner Erfahrung nach wollte das Bild vom eiskalten Killer so gar nicht zu Stürmer passen. Aber wer um Himmels willen sollte es sonst gewesen sein? Es war weit und breit kein anderer Täter zu sehen. Kommissar Cleonitidis war stinksauer, dass hier irgendwer seine geliebte Insel als Mordwerkzeug missbrauchte, anstatt sich an ihrer Schönheit zu erfreuen, wie er es Tag für Tag tat. Schon fast fühlte er sich davon persönlich beleidigt, denn er war hier geboren und mit Leib und Seele Rhodier. Mit Ausnahme der achtzehn Monate, die er an einem Austauschprogramm mit der deutschen Polizei teilgenommen hatte, hatte er immer auf, wie er zu sagen pflegte, *seiner* Insel gelebt.

Nachdem er auf dem Parkplatz des Hotels Olympia Beach eingeparkt hatte, ging er auf direktem Weg zur Rezeption, wo der Portier ihn bereits erwartete. Der hatte Kontakt mit dem Ehepaar aufgenommen und sie in ihrem Zimmer er-reicht. Sie waren schon auf dem Weg hierher.

Kommissar Cleonitidis war angenehm überrascht über die bereitwillige Mitarbeit des Portiers, denn nach seiner Erfahrung war die Polizei in den Touristenhochburgen nicht allzu gern gesehen und wurde, wo immer es ging, behindert.

Er hatte sich gerade an einen der eleganten Marmortische im Foyer gesetzt, da kam das Ehepaar auch schon in die Halle. Der Pförtner führte sie zum Tisch des Kommissars und stellte sie vor.

»Dürfte ich Sie um einen kurzen Moment Ihrer wertvol-len Urlaubszeit bitten?«, fragte der Leiter der Mordkom-mission.

»Aber klar«, sagte Herr Hentschel, und auch seine Frau nickte freundlich.

»Dann nehmen Sie doch bitte Platz. Es dauert auch nicht lange.«

»Um was geht …«, begann Herr Hentschel, sagte dann aber: »Ich kann es mir denken. Um den Vorfall auf der Akropolis von Lindos. Stimmt's?«

»Ganz genau. Was haben Sie denn davon mitbekom-men?«

»Nicht viel. Aber doch genug, um zu wissen, was passiert ist.«

»Na, dann wissen Sie mehr als ich«, meinte der Kommis-sar. »Die Sache ist nämlich um einiges komplizierter, als es sich am Anfang dargestellt hat.«

Die Hentschels sahen ihn fragend und erwartungsvoll an.

»Noch immer ist nicht klar, ob es sich um einen Unfall, eine Körperverletzung mit Todesfolge, ein Verbrechen im

Affekt oder sogar um einen eiskalt geplanten Mord handelt.«

»Das heißt, sie ist nicht von allein hinuntergestürzt?«

»Nein. Das ist aber auch schon das Einzige, was wirklich feststeht. Nicht einmal, wie viele Leute zum Zeitpunkt des, äh … der Tat auf dem Weg waren, wissen wir. Selbst hierzu gibt es widersprüchliche Angaben.«

»Da können wir Ihnen weiterhelfen. Auch wenn wir mehr miteinander beschäftigt waren, als dass wir auf den Weg geachtet haben. Sie müssen wissen, das hier ist unsere Hochzeitsreise. Aber trotzdem haben wir genau gesehen, wer auf dem Weg vor uns gegangen ist.«

»Das ist doch schon mal etwas«, sagte der Kommissar und fügte dann hinzu: »Viel Glück für Ihre Ehe.«

»Danke, das kann man brauchen«, sagte Jürgen Hentschel und knuffte seine frisch Angetraute leicht in die Seite.

»Also, um zu den Leuten auf dem Pfad zu kommen«, lenkte seine Frau Gerlinde das Gespräch wieder zurück auf ihr eigentliches Thema, »da war einige Meter vor uns das Ehepaar Weinfels, von dem Sie bestimmt unsere Namen haben. Hinter uns ging noch ein altes Ehepaar, das heißt, gehen konnte man das nicht nennen, sie kamen sehr langsam voran.«

»Ja, das Ehepaar Winter, die muss ich auch noch befragen.«

»War da sonst noch wer, Jürgen?«

»Nei… ja, doch klar, da war noch ein junger Mann, der auffällig unauffällig war. Wahrscheinlich hätte ich ihn gar nicht bemerkt, wenn er nicht einerseits so weltentrückt Musik gehört, andererseits aber plötzlich seine Schritte beschleunigt hätte.«

»Schritte beschleunigt?«

»Erst war er zehn Meter hinter dem Ehepaar Weinfels. Als ich ihn das nächste Mal sah, war er fast auf deren Höhe.«

»War das vor dem Sturz?«

»Ja, ich schätze mal so zehn bis fünfzehn Sekunden.«

»Und zur Zeit des Sturzes?«

»Kann ich nicht sagen«, meinte Jürgen Hentschel grinsend. »Wenn wir geahnt hätten, dass unsere Aussage einmal so wichtig werden könnte, hätten wir unser Bedürfnis, uns zu küssen, unterdrückt und den jungen Mann weiter beobachtet – mein Gott, der war so langhaarig, der wäre glatt als Frau durchgegangen.«

»Können Sie den jungen Mann beschreiben?«

»Leider nicht genauer. Außer den Haaren und einer ziemlich zerschlissenen Jeans ist mir nichts im Gedächtnis geblieben.«

Auch Frau Hentschel schüttelte bedauernd den Kopf.

»Dann war es das fürs Erste«, sagte der Kommissar, dem klar war, dass er aus den Hentschels nichts weiter herausbekommen würde. Aber immerhin, es gab wieder einen neuen Ansatz. Dass der junge Mann, der auch eine Frau sein konnte, sich verdächtig benahm, hörte er zum ersten Mal, seit er die Untersuchung leitete.

»Könnten Sie nach Rhodos-Stadt kommen, um ein Protokoll anfertigen zu lassen, oder soll ich Ihnen jemanden schicken?«

»Wir sind übermorgen sowieso in der Stadt, wir kommen«, sagte Gerlinde Hentschel. Dann verabschiedeten sich die beiden von dem Kommissar und verschwanden in den Tiefen der Hotelanlage.

Gut gelaunt fuhr der Kommissar nach Rhodos-Stadt zurück. Es war doch gut, dass er gleich noch mal nach Faliraki gefahren war – so war er wenigstens einen Schritt weitergekommen. Jetzt hatte er noch die alten Leutchen namens Winter zu befragen, aber wer weiß, ob da etwas bei herauskommen würde. Am besten würde er das Auto vor dem Präsidium abstellen und dort hinlaufen. Dann konnte er noch etwas Luft schnappen, bevor er wieder am Schreibtisch saß.

So schlenderte er in Richtung der Hotelzone, wo das Ehepaar den Winter über zu residieren gedachte. Es waren Juweliere aus Karlsruhe, die vor fast zehn Jahren ihre kleine Kette von Geschäften verkauft hatten und von da an jedes Jahr von Oktober bis März auf einer anderen südeuropäischen Insel überwinterten. Cleonis war frei von Neid, denn schließlich hatte er sein geliebtes Rhodos das ganze Jahr über.

Er war froh darüber, dass er vor zehn Jahren den ihm angebotenen Posten des Polizeichefs in Alexandropoulis, einer Kleinstadt mit rund siebzigtausend Einwohnern in Nordost-Griechenland, kategorisch abgelehnt und sich stattdessen dazu entschlossen hatte, auf Rhodos zu bleiben.

Im City Hotel Rhodos, das ganz am Anfang des Strandgebiets noch südlich des Spielkasinos lag, erwartete das Ehepaar Winter ihn schon. Er erhoffte sich nicht allzu viel von dem Gespräch – und wurde einmal mehr eines Besseren belehrt. Die beiden schon über Achtzigjährigen konnten nicht mehr allzu gut sehen, erinnerten sich aber dennoch lebhaft an den jungen Mann. Auch ihnen war er wegen seines sonderbaren Verhaltens aufgefallen. Zuerst war er eine ganze Weile hinter ihnen hergegangen und hatte, wie Marie Winter bei einem Blick zurück aufgefallen war, aus ihrem Windschatten heraus die Menschen auf dem Weg beobachtet. Dann war er plötzlich schneller geworden und hatte Meter um Meter zum Ehepaar Stürmer hin aufgeholt.

»Wie nahe er ihnen allerdings gekommen ist, kann ich nicht sagen«, meinte Rudolf Winter, und Marie ergänzte: »Unsere Augen, wissen Sie.«

»Könnten Sie den Mann beschreiben?«

»Ja, klar«, sagte Rudolf Winter und beschrieb ihn so gut, dass Kommissar Cleonitidis sofort eine Ahnung beschlich.

»Könnten Sie noch heute Nachmittag ins Präsidium kommen, um unsere Kartei mit den Vorbestraften durchzusehen?«

»Ginge auch morgen früh? Wir wollen heute Abend ins Theater, die Karten waren sündhaft teuer. Wir mussten sie aus Deutschland vorbestellen, anders wären wir gar nicht rangekommen. Dass wir die nicht verfallen lassen wollen, können Sie doch sicher verstehen?«

»Außerdem müssen wir uns dafür noch fertigmachen«, ergänzte Marie Winter und lächelte. »In unserem Alter dauert das etwas.«

Der Kommissar hatte ein Einsehen und vereinbarte mit ihnen, dass sie gleich am nächsten Morgen, am besten noch vor zehn, zu ihm kamen. Dann verabschiedete er sich und verließ das Hotel.

Auf dem Rückweg zum Präsidium machte er in einem kleinen Café, das er noch nie aufgesucht hatte, Rast, um sich zu stärken. In der Gegend verkehrten ihm eigentlich zu viele Touristen, aber es war schließlich schon wieder Nachmittag, und er war noch zu keiner Mittagspause gekommen. Er bestellte sich ein üppig belegtes Sandwich und trank eine Cola dazu. Den Abschluss bildete wie immer ein griechischer Kaffee. Er trank ihn allerdings nicht metrios oder gar glykos, wie es die Touristen mochten. Für ihn kam er nur pur und unverfälscht infrage.

Er nippte gerade daran und streckte seine Beine weit von sich, als er vom Nebentisch die Stimmen zweier älterer deutscher Ehepaare vernahm, die sich nicht gerade leise unterhielten. Aber nicht so sehr, dass sie das halbe Lokal unterhielten, sondern das, worüber sie sprachen, weckte seine Neugier. Sie redeten über den *rätselhaften Unfall auf der Akropolis von Lindos*, von dem sämtliche Zeitungen des Landes an diesem Morgen schrieben.

Es war also bereits so weit, dass sein Fall Tagesgespräch auf der Insel war.

Deshalb ärgerte er sich auch fast schon darüber, dass einer der Männer sagte: »Fahrt lieber nicht zur Akropolis in Lindos.«

»Wieso, war es denn dort nicht schön?«, fragte die Frau des anderen.

»Doch, sehr sogar. Wir waren am Montag dort.«

»Ja«, bestätigte dessen Gattin, »aber es ist etwas ganz Entsetzliches passiert.«

»Was denn?«

»Da muss eine Frau ziemlich weit oben an einer äußerst schmalen Stelle des Weges in den Abgrund gestürzt sein.«

»Oh, shit …«

Der Kommissar, der bislang eher unfreiwillig gelauscht hatte, fuhr hoch und war schon versucht, zu den Leuten hinzugehen, da er noch immer hoffte, Augenzeugen der Tat zu finden. Aber schon im nächsten Moment wurde diese Hoffnung zunichtegemacht.

»Norbert, wart ihr dabei und habt es gesehen? Erzähl schon!«, forderte die andere Frau.

»Leider nicht. Der Weg war bereits abgesperrt, als wir

ankamen. Aber der eigentliche Skandal ist, dass die Einheimischen viel zu sorglos mit der Gesundheit ihrer Gäste umgehen. Da oben gibt es nicht mal ein Geländer. So etwas musste früher oder später zwangsläufig passieren.«

Obwohl Kommissar Cleonitidis ebenfalls der Meinung war, dass ein Geländer an so mancher Stelle des Weges bestimmt nicht falsch wäre, ärgerte er sich doch sehr über diese Art von Touristen. Sensationslüstern, keine Ahnung, was wirklich geschehen war, aber sehr schnell mit Vorverurteilungen bei der Hand.

Verstimmt stand er auf, zahlte an der Theke mit einem viel zu großen Schein, wartete nicht auf das Wechselgeld und verließ fast schon fluchtartig das Café. Es dauerte eine ganze Weile, bis er sich beruhigt hatte, und er war schon fast am Präsidium angekommen, als er sich wieder mit seinem Fall befassen konnte.

Hoffentlich lag das Endergebnis der Obduktion schon vor, dachte er. Oder vielleicht hatte auch sein deutscher Kollege inzwischen zurückgerufen.

Die beiden Familien saßen in einem Eiscafé am Hippokratesplatz und vertilgten einen Eisbecher nach dem anderen. Die für Oktober ungewöhnlich starke Hitzewelle hatte nur am Vortag eine kleine Pause eingelegt, aber inzwischen brannte die südliche Sonne wieder mit annähernd fünfunddreißig Grad vom Himmel.

»Irgendwas scheint dran zu sein am Klimawandel, so heiß war es früher nicht«, sinnierte Peter, und Sven jammerte: »Mann, tun mir die Füße weh von der ewigen Latscherei. Ich habe mir bestimmt eine Blase gelaufen.«

Seine Mutter sah sich seinen Fuß an, sah nur eine leichte Rötung an der Ferse und meinte: »Mensch, Junge, wie soll aus dir je ein tapferer junger Mann werden, der ein tolles Mädel abbekommt, wenn du wegen jedem bisschen jammerst?«

»Ich will weder tapfer sein, das hört sich so nach Soldat an, und das brauch ich ganz gewiss nicht, noch will ich ein tolles Mädchen. Ein neuer Computer wäre mir erheblich wichtiger.«

Nicht nur Peter, auch Stefan merkte, wie unzufrieden Annika mit der Antwort ihres Sohnes war. Letzterer lenkte ab, indem er fragte: »Sven, was willst du eigentlich mal werden?«

»Weiß … ach, vielleicht Arzt. Da kann man anderen Menschen helfen.«

»Find ich toll«, meinte Peter. »Aber ich fürchte, um diesen Traum zu verwirklichen, musst du dich sehr viel mehr auf den Hosenboden setzen. Dafür brauchst du ein Top-Abitur.«

»Ich könnte auch Kranken- oder Tierpfleger werden«, meinte Sven. »Oder Detektiv? Wenn ich sehe, wie vielen Leuten ihr zwei schon aus der Patsche geholfen habt … davon bin ich immer wieder begeistert.«

Schon wieder driftete das Gespräch in eine Richtung, die Annika sichtlich so gar nicht behagte. So fragte sie Verena kurzerhand, ob sie beide nicht langsam zur einer Shoppingtour aufbrechen wollten.

Annika nickte und fragte die Männer, ob sie auch mitwollten.

»Geht ihr mal alleine«, meinte Stefan. »Peter, ich und die Zwillinge leisten Sven etwas Gesellschaft, der bestimmt nicht durch sämtliche Souvenirshops rennen will.«

»Doch, Lust hätte ich schon«, meinte der, »aber …«

»Du hast kein Geld mehr? Warum sagst du nichts?«, fragte Annika.

»Weil Papa und du mir immer beigebracht habt, dass man mit seinem Geld auskommen muss.«

»Ich finde es toll, dass du in Erinnerung an deinen Vater die Regeln, die er aufgestellt hat, beibehalten willst«, sagte Verena, und Stefan fügte hinzu: »Das ist zu Hause gut, aber doch nicht im Urlaub.«

»Meint ihr?«

»Auf jeden Fall sieht man an deiner Haltung, dass du ein Super-Typ bist«, meldete sich nun wieder Peter zu Wort. »Aber es muss auch Ausnahmen geben. Hier hast du was.«

Bei seinen letzten Worten zog er einen Zwanzig-Euro-Schein aus der Tasche und hielt ihn Sven hin. Aber auch seine Mutter ließ sich nicht lumpen, sagte: »Hier, der ist von mir«, und gab ihm ebenfalls einen Zwanziger.

»Danke, Mutti, danke … Peter.«

»Du willst also mit den beiden gehen?«, fragte Peter.

»Ach nein, ich bin zu kaputt. Außerdem habe ich in Kolymbia eine schöne Tasche gesehen, die ich gerne hätte.«

»Dann schlage ich Folgendes vor: Annika und Verena sind gnädig und gehen höchstens noch ein oder zwei Stunden shoppen. Dann fahren wir zum Präsidium und unterschreiben die Protokolle. Sonst nervt uns dieser Kommissar noch bis zum letzten Urlaubstag.«

6.

Zu Hause im fernen Deutschland saß unterdessen Claus
Mergentheimer an seinem Schreibtisch im Polizeirevier
Hofheim und haderte mit Gott und der Welt. Nachdem
er vor gut einem Jahr im Dienst so schwer verletzt worden
war, dass er es beinahe nicht überlebt hätte, hatte der Kriminalrat ein Machtwort gesprochen. Manfred Schuchheim
war einerseits ein knallharter Hund, der von seinen Leuten
Gehorsam verlangte, hatte andererseits aber immer ein of-
fenes Ohr für die Sorgen und Nöte seiner Untergebenen. Im
Falle von Claus Mergentheimer hatte er sich jedoch in die
Idee verrannt, dass er sein Nachfolger werden könnte, wenn
er in zwei Jahren in den wohlverdienten Ruhestand gehen
würde. So war Claus quasi von der Rehaklinik und dem
anschließenden Sonderurlaub direkt in den Innendienst
befördert worden, damit er in Zukunft von gefährlichen
Außeneinsätzen verschont bleibe.

Genau daran dachte er, als er den nächsten Aktenstapel
mit Vernehmungsprotokollen zur Hand nahm und sie erneut durchging, um Widersprüche in den Zeugenaussagen
zu entdecken. Eine wichtige Arbeit, gewiss, aber wenn er
den Blick aus dem Fenster schweifen ließ und seine Kollegen zum Einsatzort fahren sah, packte ihn fast Wut darüber, nicht dabei sein zu können.

Verdammt noch mal, dachte Claus. Warum eigentlich

er? Was hatte er Schuchheim getan, dass der aus ihm einen Schreibtischhengst machen wollte? Innendienst machen zu müssen war für ihn der blanke Horror, und kein Mensch ahnte, wie es ihm dabei ging. Nicht einmal Steffi interessierte das. Ganz im Gegenteil. Sie war heilfroh darüber, dass er nicht mehr jeden Tag an der vordersten Front kämpfte. Was er bis zu einem gewissen Grad auch verstehen konnte. – Ach, was soll's, Augen zu und durch! Ändern konnte er es sowieso nicht. Außer wenn …

Claus wagte gar nicht, den Gedanken an ein vorzeitiges Ausscheiden bei der Polizei zu Ende zu denken, denn er wusste, was seine Frau dazu sagen würde: Schatz, du bist ein Vollidiot. Und das Schlimmste dabei war, dass sie recht hätte.

Sich in sein Schicksal fügend, nahm er die nächste Akte zur Hand und studierte sie gelangweilt. Während seine Kollegen einen Supermarkterpresser und eine Motorradgang jagen durften, Vernehmungen im Clubhaus der Rocker und vielleicht sogar Festnahmen durchführten, bearbeitete er die Einbruchsserie in Hofheimer Villen. In diesem Fall wies alles auf eine osteuropäische Bande hin, die kreuz und quer durchs Land zog und längst über alle Berge war. Er rechnete sich kaum Chancen aus, sie jemals zu erwischen. In den Wochen zuvor hatten sie schon Gießen, Butzbach, Bad Nauheim und Friedberg heimgesucht. Aber selbst da, wo eigentlich gar nichts mehr passieren konnte, war Schuchheim strikt dagegen, dass Claus vor Ort ermittelte. »Ich brauche Sie und Ihren brillanten Verstand hier«, war einer seiner Lieblingssätze.

Claus hatte sich schon auf einen weiteren langweiligen Tag am Schreibtisch eingestellt, umso verblüffter war er, als am späten Vormittag sein Telefon läutete und die Zentrale ihm mitteilte, dass ein griechischer Kollege ihn zu sprechen wünschte.

Er ließ sich den Anruf durchstellen, denn Kommissar Mergentheimer war schnell klar, dass es nur Cleonis Cleonitidis sein konnte. Er hatte den griechischen Beamten kennengelernt, als der vor einigen Jahren an einem Austauschprogramm teilgenommen hatte. In diesem Rahmen war der griechische Kommissar auch für sechs Wochen zu Claus' Dienststelle abkommandiert gewesen.

»Das ist doch mal eine nette Abwechslung«, murmelte Claus Mergentheimer, als er auf das Telefonat wartete.

Schuchheim war außer Haus bei einem Pressetermin in Wiesbaden, und so konnte er sich ganz entspannt zurücklehnen und die Füße schon aus Protest gegen seinen Vorgesetzten, der das ganz und gar nicht leiden konnte, auf den Schreibtisch hieven.

Tatsächlich drang nur wenige Augenblicke später die vertraute Stimme des griechischen Beamten an sein Ohr. Kommissar Cleonitidis schien noch besser Deutsch zu sprechen als damals, aber der so sympathisch klingende griechische Akzent war noch immer vorhanden.

»Guten Tag, Herr Mergentheimer, wie geht es Ihnen?«

»Soweit ganz gut, und Ihnen?«

»Mir auch, in der Regel jedenfalls.«

»Das ist gut. Wo machen Sie denn im Moment Dienst? Haben Sie damals Ihren Traumjob bekommen?«

»Ja, ich konnte auf meiner Heimatinsel Rhodos bleiben. Ich bin dort Leiter der Abteilung Gewaltverbrechen.«

»Wunderbar, herzlichen Glückwunsch. – Aber Sie rufen mich bestimmt nicht an, um über Ihre schöne Insel zu reden, oder über alte Zeiten? Auch wenn ich nichts dagegen einzuwenden hätte.«

»Können wir gerne nachholen. Doch im Moment macht mir ein Fall zu schaffen, bei dem ich mir nicht einmal sicher bin, ob es wirklich Mord war. Es geschah auf unserer schönen ...«

»Akropolis von Lindos, ich weiß.«

»Wie bitte?«

»Sie wissen doch noch aus Ihrer Zeit bei uns, wie durchorganisiert hier alles ist. So sehr, dass es mir manchmal auf die Nerven geht. Heute Morgen hatte ich die Meldung auf dem Schreibtisch, dass ein Bürger aus diesem Landkreis unter, wie es hieß, bislang ungeklärten Umständen zu Tode gekommen ist. Man gehe aber von einem Unfall aus.«

»Ja, die Meldung habe ich so ganz bewusst in den Medien platziert.«

»Das heißt, Sie glauben nicht daran?«

»Ich kann nichts beweisen. Der einzige Tatverdächtige, den wir übrigens in Untersuchungshaft genommen haben, kommt hier aus Ihrer Gegend. Er wohnte vor seiner Verhaftung im Hotel Blue Sea in Kolymbia.«

»Ach nee«, entfuhr es Claus. »Jetzt sagen Sie mir bitte nicht, dass Peter Stettner in die Sache verwickelt ist.«

»Sie kennen ihn?«

»Allerdings. Peter Stettner war früher einer von uns und ist heute, genau wie sein Partner Stefan Weimershaus, ein ganz hervorragender Privatdetektiv. Außerdem sind die beiden Freunde von mir.«

»Das erklärt natürlich vieles. Aber ich kann Sie beruhigen. Er ist weder der Verdächtige noch das Opfer.«

»Na, Gott sei Dank.«

»Wir haben den Ehemann als dringend tatverdächtig verhaftet, und es deutet eigentlich auch alles auf ihn hin, aber irgendwie schmeckt mir das nicht. Es gibt jede Menge

Hinweise, aber nicht einen schlüssigen Beweis. Deshalb wollte ich Sie bitten, die Familie des mutmaßlichen Mörders mal unter die Lupe zu nehmen und nach Motiven zu suchen. – Außerdem, wie zuverlässig schätzen Sie Peter Stettner ein?«

»Auf Peter Stettner und Stefan Weimershaus kann man sich zu hundertzwanzig Prozent verlassen. Sie können nur etwas nerven. Und sie werden sich garantiert in diesen Fall einklinken. Ach ja, da der Buschfunk so gut funktioniert, sind Name und Adresse, die mir hier vorliegen, richtig? Stürmer in Hofheim-Lorsbach?«

»Ja, Alex und Ilona Stürmer lebten zusammen in Lorsbach. Wenn Sie etwas erfahren haben, rufen Sie mich an?«

»Klar doch.«

Es war noch nicht ganz siebzehn Uhr, als Peter Stettner den Kleinbus auf den winzigen Parkplatz im Hof des Polizeipräsidiums lenkte. Er hatte riesiges Glück und fand sofort eine freie Lücke. Der Pförtner, der die siebzig schon eine ganze Weile überschritten hatte, lenkte seinen Blick von seiner Zeitschrift direkt in Peters Augen.

»Kommissar Cleonitidis«, sagte Peter, »zu ihm wollen wir.«

Daraufhin sagte der alte Mann etwas Unverständliches in einem Dialekt, der in den Ohren der Urlauber nicht einmal griechisch klang. Nur das Wort Termin war ziemlich deutlich herauszuhören.

Als Peter nickte und zur Bekräftigung »Yes« sagte, gab der Pförtner ihm eine Liste, die in englischer Sprache verfasst war und auf der die Zimmernummern der verschiedenen Dezernatsleiter zu lesen waren. Dazu zeigte er stumm zum Aufzug.

Noch bevor Peter »Danke« sagen konnte, wanderte der Blick des Alten wieder zu seiner Zeitschrift, und er schien die Anwesenheit der Leute im Foyer des Präsidiums bereits vergessen zu haben.

Als sie im zweiten Stock aus dem Aufzug traten, kam ihnen der Kommissar schon entgegen und geleitete sie zu seinem Büro.

»Ich hole noch Stühle«, sagte er schnell.

»Machen Sie sich doch nicht so viel Mühe«, schlug Peter vor. »Geben Sie uns den Zettel zum Unterschreiben, dann sind wir ruck, zuck wieder weg.«

»So schnell geht das nun auch wieder nicht. Ihr Deutschen mit eurem Ruckzuck. Ein bisschen mehr Ruhe, und das Leben könnte so schön sein. – Äh, ich habe die Aussage von Ihnen, die ich auf Band mitgeschnitten habe, heute von meiner Sekretärin protokollieren lassen. Sie spricht ebenfalls gut Deutsch, dennoch kann es sein, dass sich Fehler eingeschlichen haben. Lesen Sie sich deshalb alles bitte in Ruhe durch, und wenn es so stimmt, unterschreiben Sie es. Außerdem wollte ich mich noch ein bisschen mit Ihnen unterhalten.«

Er bot den Erwachsenen einen griechischen Kaffee und den Kindern eine Limo und wies seine Sekretärin im Nebenzimmer an, sich darum zu kümmern.

»Ach ja, bevor ich es vergesse«, sagte er dann grinsend, »ich soll Sie, Herr Stettner, und auch Sie, Herr Weimershaus, von Ihrem Freund Claus Mergentheimer grüßen.«

»Wie bitte? Woher kennen Sie Herrn Mergentheimer? Das ist ja interessant.«

»Die Welt ist ein Dorf, was? Aber im Ernst, ich habe heute Vormittag mit ihm telefoniert und ihn um ein paar

Auskünfte gebeten. Vor nicht einmal einer Stunde hat er zurückgerufen. Kurz bevor Sie gekommen sind, haben wir das Gespräch beendet. Aber um auf Ihre Frage zurückzukommen: Vor etwa zehn Jahren stellte mich der Polizeichef von Rhodos vor die Wahl, meine Insel zu verlassen und in Westthrakien der Polizeichef von Alexandropoulis zu werden, oder aber hier beim Aufbau einer neuen Abteilung zu helfen. Und zwar einer, die sich vorrangig mit Verbrechen beschäftigt, in die Touristen involviert sind. Damals waren die Engländer und die Deutschen die größten Gruppen, und so wurde mit diesen Abteilungen angefangen. Ich habe mich entschlossen, die Sektion deutsche Touristen zu übernehmen, und musste dafür an einem achtzehn Monate dauernden Austauschprogramm teilnehmen. Um die deutsche Mentalität besser kennenzulernen, wie es hieß. Im Gegenzug waren hochrangige Beamte aus Deutschland hier, um unsere Verwaltungsstrukturen kennenzulernen. Im Rahmen dieses Programms war ich nicht nur in Berlin, sondern auch in ein paar kleineren Städten. So eben auch in Hofheim bei Claus Mergentheimer und in Wiesbaden. Da lernte ich einen Herrn Stuhlauf oder so ähnlich kennen.«

»Jörg Stuhlbein vielleicht?«, half Peter weiter.

»Genau, den meine ich. Sehr sympathischer Mann – Sportler durch und durch. Wir haben uns später beim Athen-Marathon noch zweimal getroffen.«

»Er ist inzwischen verheiratet.«

»So? Ich erinnere mich noch, dass er immer sagte, dafür habe er keine Zeit.«

»Wo die Liebe hinfällt«, sagte Stefan grinsend, und Kommissar Cleonitidis nickte. »Sie sagen es. Ich habe meine Frau in Deutschland kennengelernt. Eine in Deutschland geborene Griechin, die mir die deutsche Sprache näherbringen sollte. Ich denke, es ist ihr geglückt.«

»Ach nee«, sagte Peter grinsend und unterzeichnete das Protokoll, das er inzwischen gelesen hatte. Dann reichte er es an Stefan weiter.

»Ich habe Claus Mergentheimer und seine Familie damals näher kennengelernt, denn ich war öfters bei ihm zu Hause. Er hatte so eine kleine süße Tochter, ungefähr so alt wie Ihre Zwillinge, Herr Weimershaus.«

»Die inzwischen schon bald fünfzehn wird.«

»Mensch, wie die Zeit vergeht. – Er hat mir übrigens erzählt, dass Sie, Herr Stettner, früher ein Kollege von uns waren und heute mit Ihrem Partner zusammen recht erfolgreich eine Privatdetektei betreiben. Er spricht von Ihnen beiden nur in den höchsten Tönen.«

»Donnerwetter«, sagte Peter etwas verlegen, denn obwohl er es eigentlich nicht anders erwartete, freute es ihn immer wieder, das zu hören.

»Das veranlasst mich, nun etwas zu tun, das ich so noch nie getan habe. Ich möchte mit Ihnen als Außenstehenden über den Fall sprechen, um Ihre Meinung dazu zu erfahren.«

Als er sah, wie Annika und Verena die Augen verdrehten, sagte er lächelnd zu ihnen: »Keine Angst, ich werde Ihre Männer nicht über Gebühr beanspruchen. Ich weiß von zu Hause selbst, wie das ist. Meine Frau beschwert sich auch immer bei mir, dass ich jeden Tag später nach Hause komme und viel zu wenig Zeit für die Familie bleibt.«

Peter und Stefan waren sofort Feuer und Flamme. »Gibt es denn inzwischen neue Fakten?«, fragte Peter.

»Ja, Herr Mergentheimer war für mich bei Stürmers Vater und hat ihn befragt.«

»So, persönlich?«, fragte Peter, der wusste, wie Schuchheim tickte.

»Ja, wieso?«

»Weil Claus seit seiner schweren Verletzung im letzten Jahr normalerweise nicht mehr auf Außeneinsätze geht«, erklärte ihm Peter, und sie erzählten dem verblüfften Kommissar die ganze Geschichte in groben Zügen.

Im Anschluss sagte Kommissar Cleonitidis: »Der alte Herr Stürmer war also Inhaber einer gutgehenden Kleinmöbelfabrik, hat diese Firma aber schon vor mehr als zwei Wochen auf seinen Sohn überschrieben. Er hat ihm aber noch nichts davon gesagt, denn das sollte eine Überraschung zu seinem vierzigsten Geburtstag werden, der nach der Rückkehr aus dem Urlaub gefeiert werden sollte.«

»Das ist in der Tat eine Neuigkeit«, staunte Peter. »Was schließen Sie denn daraus?«

»Nun, wie wir inzwischen wissen, stand es um die Ehe der Stürmers nicht zum Besten. Könnte es denn nicht sein, dass Alex Stürmer irgendwie von der Aktion seines Vaters erfahren hat und einfach nur verhindern wollte, dass seine Frau sich bei einer Scheidung gesundstößt? Wäre er kein kleiner Angestellter mehr, sondern der Chef, hätte sich das bestimmt nicht nur auf die Höhe des Unterhaltes, sondern auch auf die finanzielle Abfindung ausgewirkt.«

»Klingt einerseits plausibel«, meinte Peter. »Es gäbe da aber auch noch eine andere Möglichkeit.«

»Und die wäre?«

»Sie haben Frau Stürmer nie kennengelernt; wir schon. Sie war eine ausnehmend neugierige, nervige und unsympathische Person. Könnte es denn nicht sein, dass es sie war, die von dieser Überschreibung Wind bekommen hat?

Indem sie vielleicht ein Telefongespräch des alten Herrn belauschte?«

»Möglich ist alles, aber welchen Sinn sollte das haben? Sie wird sich wohl kaum selbst umgebracht haben, um ihren Mann zu schonen.«

»Das nicht«, sagte nun Stefan. »Aber vielleicht war es ein verunglückter Versuch, ihren Mann zu töten und es als Unfall zu inszenieren. Dann wäre sie die Erbin eines großen Vermögens, und niemand käme auf die Idee, sie zu verdächtigen, denn woher hätte sie wissen sollen, was noch geheim war?«

»Nicht schlecht. Aber wenn sie versucht hätte, ihren Mann in den Abgrund zu stoßen und er sich nur gewehrt hätte, warum hat er das denn nicht gesagt? Das wäre Notwehr gewesen.«

»Hätten Sie ihm geglaubt?«, fragte Stefan, und Peter setzte hinzu: »Wenn sie, eine zierliche, fast schwächliche Person, das selbst getan hätte, wäre das aufgefallen. Es wäre ein größeres Gerangel vorausgegangen. Deshalb glaube ich vielmehr, sie hatte einen Komplizen. Stellen Sie sich vor, er kommt den beiden entgegen, ein kräftiger Stoß, und alles ist vorbei. Das kann so schnell gehen, dass niemand etwas bemerkt.«

»Nicht schlecht, aber wo soll plötzlich der Komplize herkommen?«

»Nehmen wir mal an«, sagte nun Verena, »er ist mit hergeflogen, sie haben sich hier irgendwo getroffen und alles abgesprochen? Vielleicht hat sie deshalb so penetrant unsere Bekanntschaft gesucht, um Zeugen dafür zu haben, dass sie nur mit ihrem Mann da ist und Anschluss an andere Urlauber sucht.«

»So könnte es gewesen sein«, sagte nun auch Annika.

»Die Frau war wirklich so aufdringlich, dass man sie kaum übersehen konnte.«

»Alle Achtung«, sagte nun Cleonitidis in die Runde, »Sie sind offenbar ein eingespieltes Team.«

»Sieht so aus«, sagte Peter und grinste. »Wie auch immer, das wäre das nahezu perfekte Verbrechen geworden, wenn es geklappt hätte.«

»Stimmt«, sagte der griechische Kommissar nachdenklich, »von der Seite habe ich das Ganze noch gar nicht betrachtet, obwohl Stürmers Aussage im letzten Verhör dazu passen würde. Er hat irgendwas Verworrenes von einem Mann gefaselt, der ihm unmittelbar vor dem Absturz seiner Frau entgegengekommen wäre. Bislang habe ich das für einen ziemlich untauglichen Versuch gehalten, mir damit einen ominösen Dritten zu präsentieren. Wenn das am Ende gar der ...«

»Konnte Stürmer eine Beschreibung der Person abgeben?«

»Nein, leider nicht. Er behauptete, nur zu neunzig Prozent sicher zu sein, dass es überhaupt ein Mann war.«

»Sonst nichts?«

»Nein.«

»Das hätte ich, ehrlich gesagt, auch nicht geglaubt«, meinte Peter.

»Zumal wir inzwischen fast alle bekannten Zeugen dazu befragt haben und keiner etwas bemerkt haben will.«

»Fast?«

»Morgen früh kommt noch das Ehepaar Winter hierher, zwei alte Leutchen über achtzig, die sollen sich unsere Verbrecherkartei ansehen und einen Mann identifizieren.«

»Gibt es noch einen möglichen Täter?«

»Nein, eher nicht. Vielleicht aber einen weiteren Zeugen.

Ein inselbekannter Taschendieb. Ich denke, er wollte das Ehepaar Weinfels bestehlen, als es passiert ist. Er war dicht hinter den Leuten, aber die waren so sehr mit sich beschäftigt, dass sie nichts um sich herum wahrgenommen haben. Nach dem Taschendieb wird bereits gefahndet, aber da im Moment nichts gegen ihn vorliegt, können wir ihn nur beobachten. Sobald wir ihn gefunden und die Winters ihn identifiziert haben, soll mein Kollege Malanis hinfahren, um ihn zu befragen. Vielleicht wissen wir dann mehr.«

»Haben sich sonst noch neue Aspekte ergeben?«, fragte Stefan.

»Nicht viel. Nur, dass Frau Stürmers Leichnam eine Verletzung aufweist, die nicht unmittelbar vom Sturz herrühren kann.«

»Eine Verletzung, nicht vom Sturz?«, fragte Peter zweifelnd. »Kann man denn das so genau sagen? Schließlich müsste die Frau nach einem solchen Sturz doch Verletzungen in Hülle und Fülle aufweisen.«

»Ja, aber der linke Arm blieb beim Sturz nahezu unverletzt. Bis auf ein Hämatom, das zu einem Stoß passen würde. Durch die Art der Einblutung konnte unser Gerichtsmediziner ziemlich genau bestimmen, dass es erst kurz vor ihrem Tod entstanden ist.«

»Ich dachte bislang, sie wäre sofort tot gewesen?«, fragte Stefan.

»Sie hat sofort das Bewusstsein verloren, hat mir der Gerichtsmediziner erklärt, und ist innerhalb weniger Augenblicke verstorben.«

»Hätte man ihr noch helfen können?«

»Nein. Selbst ein ungesicherter Abstieg zu ihr hätte, abgesehen davon, dass es unverantwortlich gewesen wäre, mehrere Minuten gedauert. Es wäre so oder so zu spät gewesen.«

Während des Gesprächs der Erwachsenen war Sven immer nachdenklicher geworden. In seinem Gehirn arbeitete es fieberhaft, und auf einmal platzte er heraus: »Ich glaube nicht, dass er sie gestoßen hat.«

Alle drehten sich überrascht zu ihm um.

»Wie kommst du darauf?«, fragte Peter, und auch die anderen sahen ihn erwartungsvoll an.

»Weil ich gesehen habe, wie die Stürmers von der Akropolis heruntergekommen sind. Auf den steilen Stufen haben wir – Peter, Stefan und ich – sie noch überholt. Wisst ihr beide das nicht mehr?«

»Wo war denn das noch mal, Sven?«, versuchte Peter sich zu erinnern.

»Ziemlich genau in der Mitte. Ich habe sie noch mit ihren Stöckelschuhen unbeholfen herunterstaksen sehen und mir meinen Teil dabei gedacht.«

»Wie war die Frau da oben? In High Heels? Das wäre mir im Traum nicht eingefallen. Bist du da wirklich sicher, Sven?«

»Hundertpro. Ich habe noch gedacht: Scheiß-Schuhe, aber 'ne geile Farbe. Irgendwas zwischen Rot und Pink, himbeerfarben, oder so.«

Der Kommissar bestätigte mit einem Nicken, dass Ilona Stürmer solche Schuhe getragen hatte.

Später, als wir schon fast am Imbiss waren, habe ich sie dann noch mal gesehen. Da kamen die beiden gerade von der Plattform unterhalb der Treppe her und waren auf dem Weg nach unten. Alex Stürmer ging ein gutes Stück vor ihr, der Abstand vergrößerte sich eher noch. Ich habe ihnen noch nachgesehen, bis sie den Imbiss passiert hatten und hinter der Wegbiegung verschwunden waren. Nur kurz darauf erklang dieser Schrei, der mich jetzt noch ganz fertigmacht. Nach meiner Einschätzung war Herr Stürmer zu dem Zeitpunkt noch zu weit von ihr entfernt.«

»Das würde dann aber wirklich gegen ihn als Täter sprechen«, sagte der Beamte nachdenklich.

Nachdem sie noch einige belanglose Worte gewechselt hatten, verabschiedeten sich die Detektive von Kommissar Cleonitidis, und der sagte zum Abschied zu Sven: »Junge, deine Beobachtungsgabe ist enorm. Du wirst eines Tages bestimmt ein genauso guter Detektiv wie dein Vater werden.«

»Stiefvater, oder besser, Beinahe-Stiefvater«, sagte Sven, und Annika fügte säuerlich lächelnd hinzu: »Dazu müssten wir es erst einmal schaffen zu heiraten.«

Der Kommissar merkte, dass er in ein Fettnäpfchen getreten war, und entschuldigte sich wortreich. Peter grinste und meinte: »Das lässt sich bei Gelegenheit ändern.«

Annika traute ihren Ohren kaum, denn bislang hatte Peter immer Fracksausen bekommen, wenn es drohte ernst zu werden. Und nun machte ihr der alte Zausel im Büro von diesem griechischen Polizisten quasi im Vorbeigehen einen Heiratsantrag.

Eine Stunde später bog Peter mit dem Kleinbus in die Eukalyptusallee ein und gab sofort wieder Gas. Schließlich war es schon fast zu spät, um noch etwas zum Abendessen zu bekommen.

Die Zwillinge schliefen nach diesem ereignisreichen Tag auf der Rückbank. Sven indessen sah staunend aus dem Fenster und meinte: »Hier draußen gibt es auch noch Souvenirgeschäfte? Das habe ich gar nicht gewusst. Bis hierher sind wir noch nie gekommen.«

»Dafür ist es auch einfach zu weit«, sagte Annika, und Peter frotzelte vom Steuer her: »Ach was ... wenn du mit Verena losziehst, gibt es für euch kein ›zu weit‹. Habe ich nicht recht?«

»Das ist doch die Höhe«, antwortete Verena lachend, und fröhlich fuhren sie weiter zurück zum Hotel.

Kommissar Cleonitidis unterhielt sich in seinem Büro mit seinem Assistenten, Kommissar-Anwärter Spiros Malanis, über die Erkenntnisse, die der heutige Tag gebracht hatte. Sein Assistent war genau wie er der Meinung, es spreche einiges dafür, dass sie mit Alex Stürmer nicht den Täter vor sich hatten.

»Irgendetwas stimmt da jedenfalls ganz und gar nicht«, sagte der mit seinen siebenunddreißig Lenzen um sieben Jahre jüngere, gertenschlanke, aber durchtrainierte Mann. »Aber was uns fehlt, sind Zeugen, die wirklich etwas gesehen haben. Vielleicht sollten wir in den größeren Hotels hier an der Küste bis nach Lindos runter Plakate in Deutsch und Englisch aufhängen, dass dringend weitere Zeugen gesucht werden.«

»Mensch, Spiros, du bist ein Genie.«

»Das ist fast schon der Originalton von meiner Freundin.«

»Wie, verstehe ich das jetzt richtig? Du redest mit ihr über unsere Arbeit?«

»Nein, normalerweise nicht. Aber Elena hat einen Bericht in der Zeitung darüber gelesen und mich darauf angesprochen. Wir haben dann kurz darüber geplaudert, bis mir das mit den Plakaten eingefallen ist. Ich habe ihr aber das Versprechen abgenommen, nicht mit anderen über unser Gespräch zu reden.«

»Na, das hört sich schon besser an. Mach doch schon mal einen Entwurf für die Dinger. Mir reicht's für heute mal wieder. Das waren fast zwölf Stunden Dienst. Tschüss.«

Kommissar Cleonitidis stand noch im Sprechen auf und verließ das Büro.

7.

Nur wenige Stunden, bevor der Kommissar seinen Arbeitstag beendete, saß der hünenhafte Mann in einer Gaststätte in Kolymbia und dachte über sich und seine Lage nach. Er trank ein Bier nach dem anderen, dennoch konnte er die Ereignisse der letzten Tage nicht verdrängen. Ganz im Gegenteil. Je länger er darüber nachdachte, umso nervöser wurde er. Hinter jedem Baum, jeder Säule vermutete er einen Polizisten, der nur darauf wartete, ihn festzunehmen, und wenn er in den Augenwinkeln eine schnelle Bewegung wahrnahm, zuckte er unwillkürlich zusammen.

Deshalb kam er nach reiflicher Überlegung zu dem Schluss, dass er sein Quartier schnellstens verlassen sollte. Das Risiko, dass die Polizei Zweifel an der Schuld Alex Stürmers bekäme und am Ende doch noch nach einem anderen Täter suchte, war ihm einfach zu groß. Vielleicht würde er sich sogar durch seine eigene Unsicherheit verraten.

Er überlegte lange, unter welchem Vorwand er möglichst unauffällig vorher abreisen könnte, und als ihm nichts Gescheites einfiel, machte er sich erst einmal auf den Weg zum Hotel zurück.

Inzwischen war er in seinem Hotelzimmer angekommen und vertagte die Frage, ob er gleich zurückfliegen oder doch bis zum offiziellen Ende der Reise abwarten sollte, auf den nächsten Tag. Schließlich war er sturzbetrunken und hundemüde, und zu allem Überfluss bekam er auch noch sentimentale Anwandlungen. Er begann Ilona, über deren Ableben er vorhin noch erleichtert gewesen war, auf einmal so sehr zu vermissen und sich nach ihrem herrlichen Körper zu sehnen, dass er ganz traurig wurde.

Aus seinem bereits gepackten Koffer holte er aus einem Seitenfach einen Briefumschlag. Darin waren ein paar Fotos von ihr, die er mit dem Handy gemacht und ohne ihr Wissen hatte abziehen lassen. Dann legte er sich aufs Bett, sah sich die Fotos an und verging fast vor Sehnsucht nach ihr. Wie schön war der Sex mit ihr gewesen und …

Ach, es half alles nichts, das wusste er genau, er musste sich von diesen Bildern trennen. Es durfte keine Verbindung mehr zwischen ihm und Ilona geben. Er seufzte und steckte die Fotos in den Umschlag zurück.

Er stand auf und wollte zum Schreibtisch hinübergehen, um den Umschlag samt Inhalt im Aschenbecher, den er vom Balkon hereingeholt hatte, zu verbrennen, da packte ihn ein heftiger Niesanfall, und der Umschlag entglitt seiner Hand und segelte unter das Bett.

»Verdammte Scheiße!«, rief er so laut, dass er vom Klang seiner eigenen Stimme erschrocken zusammenfuhr.

Dann warf er sich auf den Boden und fischte nach dem Kuvert, das bis an die hintere Wand gerutscht war. Wenige Augenblicke später richtete er sich triumphierend auf, was angesichts seines alkoholisierten Zustands gar nicht so einfach war, und hatte den Umschlag in der Hand.

Er ging zum Schreibtisch, legte ihn in den Aschenbecher und zündete alles an. Als die Flammen verlöschten, sich alle Bilder, wie er glaubte, in Asche verwandelt hatten und er sicher war, dass keine Glut mehr darin war, trat er auf den dunklen Balkon hinaus und verstreute die Asche, die der Nachtwind schnell mit sich forttrug. Erst dann konnte er erleichtert aufatmen.

Nachdem er einige Stunden tief und traumlos geschlafen hatte, erwachte der Mann am anderen Morgen gegen zehn, ausgeruht und irgendwie erleichtert.

Er machte sich und sein Gepäck in aller Ruhe fertig, ging dann frühstücken und von dort aus direkt zur Rezeption.

»Ich muss leider abreisen«, sagte er zu der Dame am Empfang, »ein Trauerfall in der Familie.«

»Oh, herzliches Beileid. Soll ich Ihnen einen Rückflug buchen?«

»Vielen Dank, das habe ich bereits erledigt. Wenn Sie aber so nett wären, mir ein Taxi zu rufen.«

»Selbstverständlich.«

Es war noch nicht einmal elf Uhr, da war der Mann spurlos aus dem Hotel Blue Sea in Kolymbia verschwunden. Fast.

Schon einige Stunden vorher war das Ehepaar Winter bereits auf dem Polizeipräsidium gewesen und hatte sich die Verbrecherkartei der Insel angesehen.

Wie Kommissar Cleonitidis es sich erhofft hatte, waren sie sehr schnell fündig geworden und hatten in dem jungen Mann mit dem MP3-Player den inselbekannten Taschendieb erkannt. Sein bevorzugtes Einsatzgebiet waren die Akropolis von Lindos und der Prasonisi-Strand.

Nachdem er die alten Leute verabschiedet hatte, ging er hinüber ins Büro seines Kollegen Spiros und sagte zu ihm: »Genau wie ich mir gedacht habe. Unser Kandidat ist Petros Zafidis. Ich kenn den Jungen, seit er zehn ist; der hatte es nie leicht.«

»Du meinst …«

»Dass er der Mörder ist? Nein, das glaub ich nicht. Gewalttätig war er nie.«

»Kann man da so sicher sein?«

»Mein Gefühl sagt mir, dass er es nicht war; aber er könnte was gesehen haben. Wenn wir nicht bald irgendetwas finden, können wir den Fall ungelöst zu den Akten legen. Wenigstens weiß ich, wo wir Petros erwischen können. Er wohnt im Landesinneren südwestlich von Lindos in einem kleinen Haus – eigentlich mehr eine Hütte, nahe dem Dorf Vati.«

»Na, dann nichts wie hin«, sagte Spiros, nahm den Autoschlüssel aus seiner Schreibtischschublade und ging aus dem Zimmer.

Kommissar Cleonitidis folgte ihm, und nur wenige Minuten später rollte der zivile Polizeiwagen dem südlichen Rhodos entgegen.

Als sie auf der Höhe von Faliraki waren, fragte der Kommissar: »Was macht eigentlich Ihre Plakataktion?«

»Ist angelaufen. Ich habe erst mal zweihundert Stück gedruckt und sie heute Morgen an die zwei Landpolizeistellen nördlich und südlich von Lindos geschickt. Dort werden sie aufgehängt.«

»Prima, gut gemacht.«

»Wie alt ist dieser Petros jetzt eigentlich? Und warum kenne ich ihn nicht?«

»Er ist dreiundzwanzig und im Grunde ein ganz kleines Licht – ein Einzelgänger und nicht wirklich gefährlich. Im Grunde sogar bemitleidenswert. Als er zehn war, sind seine Eltern, beide Alkoholiker der heftigsten Sorte, bei einem

Autounfall ums Leben gekommen. Er saß auf dem Rücksitz und blieb unverletzt. Das heißt, er war über und über mit blauen Flecken übersät, die allerdings nicht vom Unfall kamen ...«

»Sie haben ihn geschlagen?«

»Ich vermute es. Dann kam er ins Heim. An und für sich das beste auf Rhodos, aber die anderen Kinder mochten ihn nicht, und die Quälereien gingen weiter. Damals hat es angefangen. Er stahl, um von dort wegzukommen. Später kam er dann in eine Pflegefamilie. Aber auch da lief es nicht richtig rund. Die Leute waren zu gütig, und der Junge, der mittlerweile fast dreizehn war und vorher nie so etwas wie Zuwendung kennengelernt hatte, nutzte das schamlos aus. Ein halbes Jahr später war er wieder im Heim. Er ist noch drei- oder viermal ausgerissen, und als er achtzehn war, kaufte er diese Hütte. Frag mich nicht, von was. Ich vermute, dass er während seiner Ausflüge aus dem Heim geklaut hat wie ein Rabe.«

»Seitdem lebt er dort?«, fragte Spiros, setzte den Blinker und bog von der Hauptstraße ins Gebirge ab.

Während der Wagen auf der kurvigen und schlecht ausgebauten Strecke bergauf fuhr, schwiegen die beiden Beamten. Zehn Minuten später hielt Spiros den Wagen an.

»Chef, wie weit ist es noch? Können wir mit dem Wagen am Haus vorfahren?«

»Gute Frage und gutes Timing. Hinter der nächsten Biegung ist es schon. Du hast recht, lassen wir den Wagen hier stehen. Wenn er mich gleich erkennt, dreht er vielleicht nicht durch und flieht. Er gerät schnell in Panik.«

Die beiden Polizisten stiegen aus und gingen den staubigen Fahrweg entlang, der Biegung entgegen. Kurz darauf kam das Haus in Sicht. Sie hatten die etwas schief in den

Angeln hängende Haustür noch nicht ganz erreicht, da schwang sie weit auf, Petros stieß Spiros so kräftig zurück, dass der ins Taumeln kam, bedrohte Cleonis mit einem langen Messer und rannte ein Stück die Straße hinunter, wo sie sein Moped hatten stehen sehen. Der Kommissar spurtete ihm hinterher, und da das Vehikel nicht sofort ansprang, konnte er sich auf ihn werfen, und Moped, Petros und der Kommissar stürzten in eine Dornenhecke am Wegesrand.

Als sie sich wieder aufgerappelt hatten, sahen beide nicht mehr ganz taufrisch aus, aber der Kommissar hatte den Jungen fest im Griff.

»Ich war's nicht, ich war's nicht«, wimmerte der, und allmählich wurde dem Kommissar klar, dass Petros glaubte, sie hielten ihn für den Mörder von Ilona Stürmer.

»Das glaub ich dir ja«, sagte Kommissar Cleonitidis. »Aber vielleicht hast du etwas gesehen?«

»Nein, ich war gar nicht da!«

Spiros grinste und sagte: »Das klappt jetzt so nicht mehr. Los, pack schon aus.«

»Ja … ja, ich war da. Ich wollte …«

»Klauen natürlich«, sagte Spiros ungerührt.

»Bin ich jetzt dran?«, fragte Petros ängstlich.

»Hast du denn geklaut?«, fragte Cleonitidis.

»Nein, dazu ist es nicht mehr gekommen.«

»Na, dann ist doch alles in Ordnung.«

»Cleonis, der hat dich mit einem Messer bedroht und mich gestoßen«, sagte Spiros Malanis, aber der Kommissar erwiderte: »Ich habe kein Messer gesehen, und dass du gestolpert bist, dafür kann er nichts.«

Spiros blieb vor Verblüffung der Mund offenstehen, und Cleonis fragte noch einmal: »Los, Petros, sag schon, was hast du gesehen?«

»Eigentlich nichts. Nur dass genau in dem Moment, als ich der Frau, die vor mir ging, in die Handtasche greifen wollte, die andere Frau abgestürzt ist. Warum oder wie das vor sich ging, habe ich nicht gesehen.«

Schade, dachte Kommissar Cleonitidis bereits, schon wieder nichts, da fügte der junge Mann noch hinzu: »Aber der Mann, der uns entgegenkam, der müsste eigentlich mehr gesehen haben. Er müsste zum Zeitpunkt des Absturzes ziemlich genau auf der Höhe der Frau gewesen sein.«

»Verdammt!«, rief der Kommissar so laut, dass Petros erschrocken zusammenzuckte, »von jemandem, der von unten kam, war bislang noch nicht die Rede. Weißt du auch, wie der aussah?«

»Leider nicht. Nur dass er groß und breit wie ein Bär war.«

»Macht nichts, danke, du hast uns sehr geholfen.«

»Nehmen Sie mich jetzt wegen dem Angriff auf Sie mit?«

»Welcher Angriff? Aber halte dich für den Rest der Saison ein bisschen zurück. Okay?«

Zur gleichen Zeit waren die beiden Familien nach einem kurzen Bad im Pool zu einem abgespeckten Ausflug aufgebrochen. Eigentlich hatten sie Petaloudes, das Schmetterlingstal, besuchen wollen, aber da Svens Ferse doch mehr Schwierigkeiten machte als am Vortag gedacht, hatten sie den Ausflug, bei dem er sehr viel hätte laufen müssen, erst einmal nach hinten geschoben.

Sie fuhren kreuz und quer über Land und kehrten bei der Wallfahrtsstätte Filerimos zum Mittagessen ein, wo ein riesiges Kreuz stand, in dessen Innerem man hochsteigen konnte, um einen herrlichen Ausblick auf die Insel bis hin zum Flughafen zu haben.

Danach brachen sie auf und fuhren ins Hotel zurück. Dort angekommen, überreichten Stefan und Verena Sven endlich sein Geburtstagsgeschenk, eine grüne Baseballkappe mit rotem Schriftzug »Kolymbia« darauf.

»Super, danke«, sagte er begeistert, »ganz genau so eine habe ich mir gewünscht. Wann habt ihr die denn besorgt?«

»Staatsgeheimnis«, sagte Verena grinsend, und der Junge setzte seine neue Kopfbedeckung sofort auf. Dabei hätte er beinahe den Zwanzig-Euro-Schein, der am Innensaum klebte, übersehen.

Er bedankte sich abermals und wollte noch etwas sagen, als die Zwillinge ihn am T-Shirt zogen und Alina sagte: »Wir haben auch noch was für dich.«

Sie hielten ihm eine Tüte Gummibärchen hin.

»Das ist aber lieb von euch, danke!«

»Du darfst uns aber gern etwas davon abgeben«, schlug Anina freudestrahlend vor.

»So was Freches aber auch …«

»Gell?«

Darüber mussten alle herzhaft lachen, und Peter schlug vor, sich in einer halben Stunde am Pool zu treffen, um den Nachmittag im Wasser ausklingen zu lassen.

Zum Abendessen machten sich alle wie immer ausgehfein, und nach dem Essen verließen sie das Hotel. Da Peter und Stefan meist nicht dazu zu bewegen waren, weiter als nötig zu laufen, lag die Eukalyptusallee fast schon in unerreichbarer Ferne. Das war aber auch nicht weiter schlimm, denn sie hatten in unmittelbarer Nähe ein Lokal gefunden, wo es nicht nur einen süffigen Wein gab, sondern auch gute Cocktails. Die Preise waren günstig, und vor allem war der Wirt, der selbst bediente, von ausgesuchter Freundlichkeit.

So kam es, dass sie fast jeden zweiten Abend in diesem Lokal landeten, und nachdem sie eine gemeinsame Runde getrunken hatten, zogen die Frauen meist noch einmal zum Shoppen los. Erstaunlicherweise hatte auch Sven dieses Shopping-Gen geerbt, denn oftmals ging er mit ihnen zusammen.

Auch an diesem Abend wollten die beiden Frauen und Sven noch einmal gehen, und die Zwillinge freuten sich, dass sie nicht mitmussten. Schließlich hieß das, dass sie von Peter und Stefan nach Strich und Faden verwöhnt wurden, was so viel bedeutete wie: Eiscreme satt.

Gerade als sie aufstanden, kam Peter wieder auf den Absturz von Ilona Stürmer und auf ihre Komplizen-Theorie zurück: »Nach Svens Beobachtung bin ich erst recht überzeugt, dass Alex Stürmer unschuldig ist.«

Annika verdrehte die Augen: »Verdirb uns bitte nicht auch noch die letzten Urlaubstage.«

»Wenn ich nur wüsste, wo wir mit unseren Ermittlungen ansetzen könnten«, ging Stefan unbeirrt auf Peters Gedanken ein, was Verena mit einem genervten Schnauben kommentierte.

»Sollen wir vielleicht tatenlos zusehen, wie der Mann hier, fernab der Heimat, zu einer langjährigen Gefängnisstrafe verurteilt wird?«

»Ich muss hier raus«, sagte Annika, und Verena fügte hinzu: »In zwei Stunden sind wir wieder da.«

Dann brachen die beiden Frauen auf – dieses Mal ohne Sven, obwohl der gerne mitgekommen wäre, um sich eine neue Tasche zu kaufen. Aber wenn Peter und Stefan den Fall diskutierten, musste er einfach dabei sein. Das konnte er sich nicht entgehen lassen.

Im Gefängnis von Rhodos-Stadt saß unterdessen ein todunglücklicher Alex Stürmer auf der knochenharten Pritsche in seiner Zelle und verzweifelte immer mehr an seiner Lage. Die nackte, trübe Glühbirne, die den kargen Raum in fahles Licht tauchte, oder die reichlich durchgelegene Auflage auf der einfachen Holzpritsche waren kaum dazu geeignet, seine Laune anzuheben. Ganz im Gegenteil. Je länger er hier zubrachte, umso heftiger wurde seine Sehnsucht, mit allem Schluss zu machen. Dann hätte er dieses ganze Martyrium endlich hinter sich.

Wenigstens hatte man ihn in eine Einzelzelle gesperrt und nicht mit den anderen verhafteten Touristen eingepfercht – zumeist Engländer, die sich im Suff eine wüste Straßenschlacht mit russischen Inselgästen geliefert hatten.

Wie kann es denn sein, dachte er, dass ich hier in einer Haftzelle schmore, während der Täter draußen frei herumläuft?

Denn dass es kein Unglücksfall war, dass da jemand nachgeholfen haben musste, das war ihm inzwischen klar. Aber wer, und vor allem warum?

Er hatte doch überhaupt nichts getan und wurde behandelt wie ein Schwerverbrecher! Immer tiefer versank er in Selbstmitleid. Warum glaubte ihm nur keiner? Bei diesem Kommissar hörte sich das alles so logisch an, dass er es selbst fast glauben könnte. Dann hätte er nichts zu lachen. Das kommt davon, dachte er. Hätte er sich bloß nicht von Ilona zu dieser Reise verleiten lassen! – *Zurück zu den Wurzeln unserer Liebe, dass ich nicht lache.* Seit Jahren rieb er sich zu Hause in der Firma auf, ackerte und machte, aber seine Frau setzte ihm Hörner auf, wo immer sie konnte. Woher dieser plötzliche Sinneswandel? Oje, wenn der Kommissar das jemals herausfinden sollte, würde er hier auf ewig in einem griechischen Knast verrotten. Warum hatte dieses blöde Weibsbild ihm das nur angetan? Sie war auch diejenige, die an diesem Tag zur Akropolis nach Lindos gewollt hatte. Er hatte ganz andere Pläne gehabt. Aber was hätte es für einen Sinn, ihre eigene Ermordung zu inszenieren, um es dann ihm in die Schuhe zu schieben? Hatte sie vielleicht nur verletzt werden wollen, damit er dann wegen Mordversuchs zehn Jahre oder mehr weggesperrt würde? Hatte sie deshalb die Stöckelschuhe angezogen? War dabei etwas schiefgegangen? Oder hatte sie ihn einfach so sehr gehasst, dass sie für ihre Rache …

Nach ungefähr zwei Stunden kamen die beiden Frauen von ihrem Einkaufsbummel zurück. Der junge Wirt kam sofort an den Tisch und fragte galant nach den Getränkewünschen. Dabei sparte er nicht mit Komplimenten für die beiden Frauen, was Stefan gar nicht gefiel, während Peter es eher locker nahm. Sie bestellten eine komplett neue Runde, und als der Kellner einige Minuten später mit einem beladenen Tablett zurückkam, zwinkerte er den Zwillingen zu und sagte grinsend: »Ich habe zwei Nichten in eurem Alter, und die beiden lieben Gummibärchen und Salzstangen. Ihr doch sicher auch, oder?«

»O ja!«, riefen Alina und Anina laut, und der Wirt zauberte wie aus dem Nichts Gummibärchen und Salzstangen hervor.

»Donnerwetter, Sie sprechen aber gut Deutsch«, sagte Verena anerkennend, und stolz antwortete der Mann: »Ich habe meine Ausbildung in Deutschland gemacht. In der Nähe von Frankfurt am Main. Genauer gesagt, in Bad Soden, am Rand des Taunus.«

»Sieh an! Ganz in der Nähe sind wir zu Hause.«

»Das gibt's doch nicht! Darf ich fragen, in welchem Hotel Sie abgestiegen sind?«

»Na klar. Im Hotel Blue Sea hier um die Ecke.«

»Ah, im Blue Sea … da hat doch auch die Frau gewohnt, die an der Akropolis in Lindos zu Tode gekommen ist. Haben Sie davon gehört?«

»Ja, wir haben es mitbekommen, schreckliche Geschichte«, sagte Peter schnell, da der Wirt sich vorrangig an Verena wandte und Stefan bereits verärgerte Blicke in die Runde warf.

»Sie war eine nicht allzu große Frau mit blondem Haar, und fast jeden Abend hier. Wir haben uns des Öfteren unterhalten, wenn nicht mehr viel los war. Als ich ihr Bild auf diesen Flyern gesehen habe, die hier an der Küste überall aushängen, habe ich sie sofort wiedererkannt.«

»Wie kommt es denn, dass wir sie hier nie gesehen haben?«, fragte Verena.

»Sie kam immer erst sehr spät, da waren Sie schon lange weg. Meist erst nach halb zwölf. Sie war oft nicht mehr nüchtern und deshalb sehr redselig, und da hat sie mir erzählt, dass ihre Eltern in Bad Soden leben und es mit ihrer Ehe nicht zum Besten steht. Manchmal kam noch ein Mann dazu, der war größer als ich, und ich bin fast eins neunzig. Er war muskulös und breit wie ein Schrank.«

Die letzten Worte des Wirtes ließen Peter zusammenfahren, aber er versuchte es sich nicht anmerken zu lassen, denn dass es sich bei diesem Mann unmöglich um Alex Stürmer handeln konnte, war klar. Der war kaum größer als eins siebzig und eher schlank. Mit einem muskelbepackten Schrank hatte er so wenig zu tun wie eine Ameise mit einem Elefanten.

»Das haben Sie sich aber gut behalten«, sagte Verena so schnell, dass Peter, der eigentlich das Gleiche sagen wollte, gar nicht zum Zuge kam.

Etwas verlegen blickte der Wirt zu Boden, bevor er eingestand: »Ich hatte, ehrlich gesagt, ein Auge auf die Frau geworfen. Aber als ich den anderen sah, bin ich vorsichtshalber erst mal auf Distanz gegangen.«

»Nehmen Sie sich doch einen Wein auf unsere Rechnung und setzen sich etwas zu uns«, sagte Peter, der mehr zu erfahren hoffte.

»Im Moment ist nicht viel los, und meine Bedienkraft schafft das auch mal ein Viertelstündchen alleine«, meinte der Wirt, zog sich einen Stuhl heran und gab in Richtung Theke zu verstehen, dass er ein Glas Wein haben wollte.

Erst plauderten sie eine Weile Belangloses, und Verena, die es nicht lassen konnte, ihren Mann, der so herrlich eifersüchtig werden konnte, etwas zu necken, lächelte zurück, als der Barbesitzer sie anlächelte.

Peter brachte das Gespräch dann ganz behutsam auf die Dame zurück, und kaum hatte er es geschafft, redete der Wirt munter drauflos: »Gestern war ein älteres Ehepaar hier im Lokal, und da der Mann anscheinend schwerhörig war, sprachen sie ziemlich laut über den Unfall auf der Akropolis. Ich habe, ohne es zu wollen, nahezu jedes Wort verstanden.«

»So?«, fragte Peter, und Stefan fügte neugierig hinzu: »Was sagten sie denn?«

»Die Leute hatten sich ziemlich in der Wolle. Der Mann behauptete steif und fest, gesehen zu haben, dass die Frau auf der Akropolis gestoßen worden war, bevor sie abstürzte. Er war deutlich älter als seine Begleiterin, aber noch ziemlich rüstig, sie dürfte höchstens so um die siebzig sein. Aber sie nannte ihren Mann einen senilen alten Depp, der endlich seinen Mund halten solle, bevor sie noch Schwierigkeiten bekämen.«

Peter fragte sich im Stillen, ob man das, was der Mann gesehen haben wollte, wirklich glauben konnte. Er schien wirklich schon sehr betagt zu sein. Aber immerhin, es gab tatsächlich einen Augenzeugen.

»Wie der Mann heißt, wissen Sie nicht zufällig?«, fragte Stefan ruhig und profihaft, obwohl er innerlich darüber kochte, wie dieser Gockel seine Frau anstarrte.

»Nein, warum wollen Sie denn das wissen?«

Dem Wirt war deutlich anzumerken, dass er sich darüber ärgerte, dass er über all seiner Flirterei zu viel aus dem Nähkästchen geplaudert hatte. Es war schon immer seine Devise gewesen, sich in nichts hineinziehen zu lassen, und das sollte auch so bleiben.

Deshalb überlegte Peter, ob es überhaupt sinnvoll wäre, ihn noch einmal nach dem Namen und, falls sie hier in Kolymbia wohnten, nach der Hoteladresse dieser Leute zu fragen. Auch den Wirt nach seinem eigenen Namen zu fragen, hielt er im Moment nicht für sehr sinnvoll, denn wenn er erst einmal dichtmachte, würde selbst der Kommissar nichts aus ihm herausbringen. Es würde auch reichen, wenn er Kommissar Cleonitidis den Tipp gab, dass der Wirt des Lokals Panorama in Kolymbia wichtige, den Fall betreffende Informationen hätte. Der Kriminalbeamte würde klug genug sein, um für sich zu behalten, wo er diese Infos herhatte.

Doch dann beugte sich der Wirt, der inzwischen wieder aufgestanden war, um weiterzuarbeiten, zu den Zwillingen hinunter und gab ihnen je eine Salzstange in die Hand. »Wie heißt ihr beiden Hübschen denn?«

»Linni und Ninni«, antwortete Alina wie immer etwas schneller als ihre Zwillingsschwester, und Anina fügte schnippisch hinzu: »Und du?«

»Mikis Zounakis, ihr könnt aber Micky zu mir sagen.«

»Micky Maus«, kreischte Alina vor Vergnügen, und ihre Schwester schob nach: »Hast du noch Salzstangen?«

»Jetzt reicht's mal«, mahnte Verena ihre Töchter, und an den Wirt gewandt sagte sie: »Entschuldigen Sie, dass die beiden so aufdringlich sind. Das kenne ich von ihnen gar nicht.«

»Ihre Töchter sind ganz entzückend, genau wie ihre Mutter, Frau …«

»Sagen Sie einfach Verena zu mir«, antwortete diese lächelnd, und ein kurzer Seitenblick zu ihrem Mann zeigte ihr, dass Stefan kurz vorm Platzen war. Auch deshalb fragte sie: »Wie heißen Sie noch mal?«

»Mikis, Mikis Zounakis. Ich bin hier in Kolymbia geboren und wohne auch hier.«

Dann drehte er sich um und ging zur Theke hinüber, um mitzuhelfen, denn die Bar hatte sich inzwischen deutlich gefüllt. Dabei winkte er den Zwillingen noch einmal zu, und Stefan war sicher, dass dieses Winken seiner Frau gegolten hatte.

Der Wirt war kaum außer Hörweite, als Stefan Verena zuzischte: »War's das? Bist du endlich fertig? So wie du hier rumflirtest, das ist doch nicht mehr zum Aushalten.«

»Krieg dich mal wieder ein«, meinte Verena ungerührt. »Ich habe ihn nur ein bisschen bei Laune gehalten.«

»Mensch, Stefan«, sprang Peter seiner Nichte bei, »was kann Verena denn dafür, dass dieser eitle Gockel voll auf sie abfährt? Als ob du bei weiblichen Informanten anders drauf wärst …«

»Danke, Peter«, sagte Verena, und Stefan war damit aller Wind aus den Segeln genommen. Dennoch hatte er sich erst wieder beruhigt, als sie nach einem weiteren Wein und dem dazugehörigen Ouzo den Heimweg antraten.

Zurück im Hotelzimmer, rief Peter das Polizeipräsidium in Rhodos-Stadt an, hatte aber trotz direkter Durchwahl kein Glück. Der Kommissar hatte gerade Feierabend gemacht. Da er ihm für alle Fälle auch seine Privatnummer hinterlassen hatte, rief Peter, wenn auch ungern, dort an, und nach nur einmaligem Klingeln ertönte am anderen Ende der Verbindung eine Frauenstimme:

»Cleonitidis.«

»Entschuldigen Sie bitte die späte Störung«, begann Peter in deutscher Sprache, da er sich erinnerte, dass der Kommissar ihm erzählt hatte, er habe seine Frau während des Austauschprogramms in Deutschland kennengelernt. »Ihr Mann hat mir diese Nummer für Notfälle gegeben, und da ich ihn im Präsidium nicht mehr erreicht habe, probiere ich es nun hier. Ach ja, mein Name ist übrigens Peter Stettner.«

»Hat das nicht bis morgen Zeit?«

»Ich fürchte, nein.«

»Er ist noch nicht hier. Bis nach Psintos rauszufahren dauert eine Weile … Aber warten Sie mal, ich höre gerade einen Wagen ankommen. Das müsste er sein. Ich sehe schnell mal nach.«

Peter hörte, wie sich die Schritte der Frau entfernten und sie ihren Mann vermutlich an der Eingangstür empfing. Aus ihrer schriller werdenden Stimme schloss er, dass sie ihm erst einmal die Meinung geigte.

Kurz darauf ertönte Cleonitidis' fast schon demütige Antwort: »Ich werde mich kurz fassen.«

»Ich wollte Ihre Frau nicht verärgern«, begann Peter, als er den Kommissar in der Leitung hatte. »Aber wir haben in unserer Stammkneipe, dem Panorama, einige Infos zu unserem, äh, Ihrem Fall auf der Akropolis erfahren, die wir Ihnen nicht vorenthalten wollten.«

»Hätte das nicht …«

»Nein, denn nun stellt sich alles in einem anderen Licht dar.«

»Dann erzählen Sie mal.«

Schnell berichtete Peter, was sie erfahren hatten, und an den Kommentaren des Kommissars war zu erkennen, wie begeistert er war, dass endlich Bewegung in die Sache kam.

»Was haben Sie morgen vor?«

»Sonne, Strand, Pool und Meer.«

»Prima, ich bin gegen zehn bei Ihnen im Hotel. Dann setzen wir uns kurz zusammen und gehen anschließend zu Mikis Zounakis rüber. Ihr Partner kann natürlich auch mitkommen, das haben Sie sich redlich verdient.«

Verblüfft und sprachlos wie selten konnte Peter gerade noch »Vielen Dank« sagen, bevor der Kommissar sich mit dem Hinweis auf die späte Stunde verabschiedete und das Gespräch beendete.

Schmunzelnd blieb Peter noch eine ganze Weile vorm Telefon stehen, murmelte: »Das sollte einem deutschen Kommissar einmal einfallen«, und wählte dann die Durchwahl ins andere Apartment.

Kurz darauf hatte er seine Nichte am Apparat, die ebenfalls nicht sonderlich begeistert von der späten Störung war, den Hörer aber schnell an Stefan weitergab.

Als die Sonne am nächsten Morgen um kurz nach sieben über den Horizont kletterte und Peter weckte, war er noch ziemlich müde und gähnte herzhaft. Kein Wunder, hatte er doch fast die ganze Nacht vor sich hin gegrübelt und an *seinen* Fall gedacht. Entsprechend unwirsch war er, als er aus dem Bett stieg und seine heißgeliebten und völlig ausgelatschten Hausschuhe nicht davor fand. Er fragte seine

Lebensgefährtin, die sich noch wohlig im Bett räkelte, danach, doch Annika grinste ihn listig an und drehte sich erst einmal auf die andere Seite.

»Verdammt, was ist los?«, wollte Peter wissen.

»Diese zerfledderten Ungetüme habe ich gestern eigenhändig zum Müllcontainer gebracht, damit sie endlich mal dort hinkommen, wo sie schon seit ewigen Zeiten hingehören.«

Völlig schockiert schnappte Peter nach Luft, bevor er stammelte: »Meine schönen Puschen.«

»Morgen«, nuschelte Sven, der gerade verschlafen aus dem Nebenzimmer geschlurft kam, »streitet ihr euch schon wieder? Das wird aber auch zur Gewohnheit bei euch.«

»Nein, wir unterhalten uns immer so«, sagte Peter säuerlich grinsend, um dann zu fragen: »Du hast nicht zufällig meine schönen, fast neuen Puschen gesehen?«

»Nö, oder meinst du diese ollen, ausgelatschten U-Bootchen?«

»Untersteh dich, so was noch mal … also im Ernst, ihr beiden Verschwörer, wo habt ihr sie hin?«

»Wenn mich nicht alles täuscht, sind die heute früh in den Müll gewandert.«

»O nein, ich fasse es nicht!«, rief Peter, schlüpfte schnell in seine Jogginghose und zog ein T-Shirt über, dann war er auch schon draußen.

Auf dem Freigelände sah er sich um und hatte den Abfallwagen, den die Zimmermädchen benutzten, schnell gefunden. Nur wenige Türen von ihrem Reihenbungalow entfernt stand er, denn die Reinigungskräfte waren gerade dabei, die Apartments, die vor der Winterpause nicht mehr belegt wurden, einer Grundreinigung zu unterziehen.

Er sah sich schnell um, ob keines der Zimmermädchen in

der Nähe war, und öffnete den Deckel. Igitt, was die Leute so alles zurückließen, wenn sie ihr Hotelzimmer räumten. Aber es half nichts, er musste sich durchwühlen. Behänder, als man es einem fülligen Mittfünfziger zugetraut hätte, hängte er sich kurzerhand über den Rand des Containers und wühlte sich durch Staub, Kehricht, Papierfetzen, zerschlissene Handtücher, vor Sonnenmilch starrende T-Shirts und alte, schon angefaulte Obstschalen. Als er nichts von seinen heißgeliebten Puschen fand, beugte er sich noch tiefer in den Müllwagen und hatte im nächsten Augenblick eine Bananenschale im Gesicht.

»Pfui, ich wollte heute Morgen eigentlich etwas Vernünftiges frühstücken«, knurrte er ärgerlich und beugte sich noch tiefer in den Container.

In dem Augenblick verlor er das Gleichgewicht und stürzte kopfüber in den Müll. Glücklicherweise tat er sich dabei nicht weh, aber aus dieser unfreiwilligen Position heraus blieb ihm nichts weiter übrig, als ganze Arbeit zu leisten. Kurzerhand begann er den Müll mit beiden Händen zu packen und aus dem Container zu befördern.

Als er die fünfte oder sechste Ladung aus dem Müllwagen warf, stutzte er. Was war denn das? Hatte er nicht eben mit einem alten Tuch ein Foto nach draußen befördert, auf dem ein ihm bekanntes Gesicht zu sehen war?

»Peter, du siehst schon Gespenster«, sagte er halblaut zu sich selbst.

Noch während er wie ein Redner in der Fastnachtsbütt im offenen Container stand, kam aus einem der angrenzenden Apartments das Zimmermädchen herbeigeeilt, sah das Chaos, das Peter angerichtet hatte, und begann ihn mit einem Schwall griechischer Schimpfworte zu belegen – vermutlich war es besser, dass Peter sie nicht verstand.

Im gleichen Moment kam Annika aus ihrem Apartment und hielt Peters Hausschuhe grinsend in die Höhe.

Während er aus dem Container stieg, sagte er grinsend: »Da habt ihr mich aber ganz schön gefoppt.« »Leider hast du uns keine Zeit gelassen, das richtigzustellen, bevor du nach draußen gestürzt bist«, erwiderte Annika.

Unterdessen begann das Zimmermädchen den Container unter Murren wieder einzuräumen, und Peter half ihr seufzend. Dabei ließ er jedoch das Foto unauffällig in der Tasche seiner Jogginghose verschwinden.

Annika nutzte die Gelegenheit und warf die alten Hausschuhe, die sie noch in der Hand hielt, im hohen Bogen in den Container und sagte frech: »So, jetzt sind sie wirklich drin. Willst du vielleicht noch mal hineinsteigen und sie herausholen?«

Peter sah sie für den Bruchteil einer Sekunde entgeistert an und meinte dann: »Nein, was interessieren mich diese alten Galoschen? Ich habe gefunden, wonach ich gesucht habe.«

8.

»Ist es schon so spät?«, fragte Peter Stettner den Kommissar, der gerade auf ihn zukam.

»Nein, es ist erst viertel nach acht, ich bin etwas früh dran. Aber Sie haben es auch ganz schön dringend gemacht. Welche wichtigen Infos haben Sie denn für mich?«

»Eigentlich wollte ich Ihnen nur mitteilen, dass es vermutlich einen weiteren Zeugen gibt, zu dem Ihnen Mikis Zounakis weitere Angaben machen kann. Nun aber habe ich vor wenigen Minuten dieses Foto hier im Müll gefunden. Es ...«

»Peter, Schatz«, unterbrach Annika ihren Lebensgefährten, mit dem sie nach der Suchaktion noch immer vor dem Apartment stand, »wir müssen uns fürs Frühstück fertigmachen.«

»Geht schon mal vor, ich komme nach.«

Dann wandte Peter sich wieder an den Kommissar und zeigte ihm das Foto: »Das ist ohne Zweifel Ilona Stürmer. Und das Zimmer, in dem es aufgelesen wurde, kann nicht das von den Stürmers gewesen sein. Sie wohnten in einem anderen Teil der Anlage.«

»Donnerwetter«, sagte der Chef der Kripo staunend, dann fragte er neugierig: »Wie sind Sie denn da drangekommen?«

»Das verdanken Sie meiner Frau«, sagte Peter grinsend, »sie hatte meine geliebten Hauslatschen einfach entsorgt.«

Annika lächelte versonnen, denn dass Peter sie seine Frau nannte, kam in letzter Zeit immer häufiger vor. Vielleicht war der Quasi-Heiratsantrag im Büro des Kommissars doch keine Floskel ohne tieferen Sinn gewesen, wie sie zuerst vermutet hatte.

Der Kommissar sah zuerst Peter, dann Annika und zuletzt den Müllcontainer an, der inzwischen einige Türen weiter stand. Dann sagte er schmunzelnd: »Das muss Ihnen erst einmal jemand nachmachen. Unter all dem Müll dieses Foto zu entdecken. Alle Achtung. Allerdings sind wir damit immer noch weit von einem Beweis entfernt, bevor wir nicht wissen, wer in dem Zimmer wohnte und welche Verbindung er mit Ilona hatte.«

»Aber es gibt doch auch noch die Aussage von Mikis, dem Wirt«, sagte Peter. »Der wiederum von einem Augenzeugen berichten kann, der den Stoß gesehen haben will.«

»Wenn sich das nach einer Vernehmung des Zeugen immer noch so darstellt, wäre das allerdings Grund genug, dass die Staatsanwaltschaft heute noch die Aussetzung des Haftbefehls beantragt und der Haftrichter der Freilassung von Alex Stürmer zustimmt.«

»So?«

»Ja. Er wird sich allerdings bis auf Weiteres in Kolymbia zur Verfügung halten müssen, bis die Ermittlungen gegen ihn endgültig eingestellt sind.«

»Dann sollten Sie schleunigst das Zimmermädchen mit dem Müllwagen befragen, in welchem Apartment sie das Foto aufgelesen hat.«

»Nicht ich – wir beide.«

»Wie meinen Sie das?«

»Sie gehen mit, es wäre unfair, Sie jetzt außen vor zu lassen.«

»Oh, danke«, sagte Peter verblüfft. »Gehen Sie schon vor, ich zieh mir schnell etwas anderes an, dann komme ich nach.«

»Okay, treffen wir uns in zehn Minuten an der Rezeption.«

Als Peter ins Apartment zurückkam und Annika von den neuesten Entwicklungen berichtete, sagte sie ungehalten: »Du bist doch nicht mehr zu retten. Wir wollen frühstücken gehen, und du ermittelst schon wieder. Wenn das Stefan erfährt.«

»Der würde auf der Stelle sein Frühstück stehen lassen.«

Als Peter Stettner an der Rezeption ankam, hatte der Kommissar bereits das Zimmermädchen ausrufen lassen und sprach mit ihr – auf Griechisch.

Der Polizeibeamte redete wild gestikulierend auf die etwas verschüchtert wirkende junge Frau ein, die mehr oder minder einsilbige Antworten gab. Wahrscheinlich glaubte sie irgendeinen Fehler gemacht zu haben, da der Polizist sehr dominant wirkte. Doch dann schien er etwas Wertvolles erfahren zu haben, denn mit einem Mal änderte sich sein ganzes Auftreten. Plötzlich redete er sanft und behutsam auf die junge Frau ein, die daraufhin losprudelte wie ein Wasserfall.

Als er offensichtlich erfahren hatte, was er hören wollte, drehte er sich zu Peter um: »So, jetzt sind wir wieder ein Stück weitergekommen.«

»Wirklich?«

»Die junge Angestellte erinnert sich noch gut an das Foto, weil sie ihre liebe Mühe hatte, es unter dem Bett, wo es in der hintersten Ecke lag, herauszubekommen. Etliche Male hat sie mit ihrem Besen unter dem Bett herumgewischt, bis sie es endlich hatte. Sie hat nun überlegt, in welchem Zimmer das gewesen sein könnte, und kam zu dem Schluss, dass es eines der fünf war, die sie winterfest gemacht hat, weil die bis zum Saisonende Mitte November nicht mehr belegt werden. Ihre Hartnäckigkeit könnte Herrn Stürmers Glück sein, denn wer weiß, wie lange das Foto sonst dort noch gelegen hätte.«

Peter lächelte die junge Frau an und sie zurück. Jetzt, da sie glaubte, die Zusammenhänge zu kennen, war sie nicht mehr böse, dass Peter den Müllwagen ausgeräumt hatte.

Dann bedankte sich der Kommissar bei der jungen Frau, und sie kehrte an ihre Arbeit zurück.

»Jetzt brauchen wir nur noch herauszufinden, wer in diesen Apartments gewohnt hat«, sagte Cleonis Cleonitidis zu Peter. »Dann ist der Kreis der Verdächtigen stark eingegrenzt. Wenn wir dann noch den Flughafen unterrichten, können wir ihn vielleicht noch auf der Insel stellen.«

Dann drehte er sich um und sprach mit der Rezeptionistin.

»Ich schau mal nach«, sagte sie, und nicht einmal zwei Sekunden später fügte sie bedauernd hinzu: »Leider hatten wir heute Morgen einen Systemabsturz. Unser Chef hat etwas Neues ausprobiert, dabei sind leider die Dateien mit den Ausweisdaten der letzten drei Wochen gelöscht worden. Ich kann Ihnen aber die Namen von den handschriftlichen Abrechnungen für die Minibar geben. Da steht zwar nur die Zimmernummer, aber die Herren haben unterschrieben.«

Sie holte einen Packen Rechnungen im A5-Format aus dem Schrank hinter dem Tresen, sortierte sie durch und sagte: »Das hier sind die richtigen.«

Sie reichte dem Kommissar die Rechnungen hinüber, und der verzog beim Anblick der Unterschriften das Gesicht zu einem schiefen Grinsen. Als Peter einen Blick darauf geworfen hatte, war ihm klar, warum. Nicht eine der Unterschriften war klar und leserlich. Viel mehr stand da zu lesen: Robert Reickmein, Carsten Rö ... und dann eine Wellenlinie, außerdem noch ein Name, der sowohl Gerd als auch Gerhard Trautner heißen konnte, und Motz Schubt. Dazwischen einige Striche, Punkte und Wellenlinien, die beim besten Willen nicht zu entziffern waren. Lediglich Dimitrios Pajanou, der in griechischer Schrift, die der kyrillischen sehr ähnlich ist, unterschrieben hatte, war für den Kommissar klar zu erkennen.

»Es handelt sich vermutlich um Robert Reichwein, Gerd oder Gerhard Trautner und Moritz Schubert. Zu Carsten Rö ... fällt mir nichts Gescheites ein, da gibt es zu viele Möglichkeiten«, sagte Peter bedauernd.

Da fiel der jungen Rezeptionistin noch etwas ein und sie sagte auf Deutsch: »Einen Moment bitte«, und rief ihrer Kollegin, die gerade mit einem Ehepaar aus England sprach, etwas auf Griechisch zu.

Was die Kollegin, die Maria heißen musste, antwortete, konnte Peter genauso wenig verstehen wie die Frage, aber nur wenige Augenblicke später drehte sie sich wieder zu ihnen und sagte lächelnd: »Ich wusste, dass da etwas war.«

»Was denn?«, fragten der Kommissar und Peter fast gleichzeitig, und die junge Frau antwortete: »Seit gestern sind überraschend so viele junge allein reisende Männer abgereist, dass es auch meiner Kollegin auffiel. Wahrscheinlich deshalb, weil zwei von ihnen vorzeitig abreisten. Dieser Herr, wie sagten Sie, Reichwein? Und Herr Rö... Der eine sagte noch etwas von einem Trauerfall, das habe ich am Rande mitbekommen, da meine Kollegin, die kaum Deutsch spricht, seine Papiere fertigmachte. Sie rief mich immer dazu, wenn sie ihn nicht verstand. Wir wollten ihm einen Flug buchen, aber er sagte, das habe er bereits selbst erledigt. Er bat uns allerdings darum, ihm ein Taxi zu rufen. Das habe ich auch gemacht.«

»Welcher von beiden das war, wissen Sie nicht mehr?«, fragte der Kommissar. »Leider nicht, aber soweit ich mich erinnere, sind beide aus Frankfurt am Main gekommen.«

»Trotzdem, vielen Dank«, sagte der Kommissar, nickte ihr zum Abschied zu und wandte sich an Peter: »Der Wirt vom Panorama wohnt neben dem Lokal. Kommen Sie mit, um ihn aus dem Bett zu werfen?«

»Würde ich gerne. Aber nicht nur mein Magen, sondern auch meine Frau erzählt mir etwas anderes, wenn ich jetzt abhaue.«

»Meine war auch nicht begeistert davon, dass ich die Arbeit jetzt schon mit nach Hause bringe, aber die kriegt sich schon wieder ein. – Wann fliegen Sie noch mal zurück?«

»Leider schon viel zu bald.«

»Verstehe, aber ich bin Ihnen dankbar. Ohne Ihre Mithilfe würde der Fall vielleicht auf dem Aktenberg der ungelösten Fälle landen, aber so ...«

Während der Beamte dem Ausgang zustrebte, rannte Peter fast zur Treppe ins Untergeschoss hinüber und nahm zwei Stufen auf einmal, um schnellstens zum Speisesaal zu gelangen. Dort angekommen sah er sich um und entdeckte die anderen an einem großen Tisch am Ende des Saals.

Als er sich zu ihnen setzte, beschwerte sich Stefan: »Meine Güte, Peter, du wirst aber auch immer langsamer. Wie lange brauchst du denn im Bad? Wenn dir Urlaub so schlecht bekommt, solltest du vielleicht besser zu Hause bleiben.«

»Danke schön. Hat euch Annika denn nichts erzählt?«

»Nur dass du deine Hausschuhe gesucht hast. Gab es denn sonst etwas zu erzählen?«

»Allerdings. Aber zuerst muss mein Magen beruhigt werden. Am Pool erfahrt ihr alles.«

Stefan sprang natürlich sofort darauf an und versuchte Peter auszufragen, aber der ließ sich nicht aus der Ruhe bringen, verschwand erst einmal in Richtung Büffet und freute sich, dass Annika und Sven so klug gewesen waren, erst einmal Stillschweigen zu bewahren. Weder wäre das ein Thema für den Frühstückstisch gewesen, wo so viele neugierige Ohren rundum lauerten, noch wäre Stefan eine Sekunde länger am Tisch sitzen geblieben.

Cleonis Cleonitidis schwang sich in seinen Wagen und während er den Motor startete, dachte er über Peter Stettner nach.

Netter, sympathischer Mann, außerdem kooperativ, hilfsbereit und freundlich. Wenn ich mir da so einige von meinen Kollegen aus meiner und anderen Abteilungen ansehe? Sie könnten sich gut und gern eine Scheibe davon abschneiden. Bei uns kocht doch jeder sein eigenes Süppchen und lässt sich nicht in die Karten blicken …

Weiter kam er nicht in seinen Überlegungen, denn er war vor dem Wohnhaus von Mikis Zounakis vorgefahren und stieg aus.

Nur wenige Minuten später saß er dem Wirt des Lokals Panorama, der noch einen verschlafenen Eindruck machte, gegenüber.

»Bitte verstehen Sie mich nicht falsch«, bat der Wirt den

Kommissar, nachdem er von dem schwerhörigen Zeugen berichtet hatte. »Natürlich helfe ich Ihnen gerne, wenn ich das kann. Ich habe mich bis jetzt nur noch nicht gemeldet, weil mir die Tragweite meines Wissens gar nicht bewusst war.«

»Okay, geschenkt«, sagte der Kommissar und dachte: Erzähl mir nichts. Von Peter weiß ich, dass du einfach deine Ruhe haben wolltest.

»Inzwischen habe ich mir noch einmal Gedanken gemacht, und mir sind ein paar Details zu dem Zeugen eingefallen, die vielleicht hilfreich sind. Ich hatte das nur zuerst hintenangestellt, da ich jetzt zum Ende der Saison hin viel Arbeit und wenige Hilfskräfte habe.«

»Ist schon klar«, sagte Cleonis, der recht gute Laune hatte, und bedankte sich bei dem Wirt. »Ich werde jetzt versuchen den Mann ausfindig zu machen und nehme seine Aussage auf. Wenn sich noch Fragen an Sie ergeben, komme ich noch einmal darauf zurück.«

Was für ein Vormittag, dachte der Kommissar, als er um kurz nach elf ins Präsidium zurückkam und sein Büro betrat. Die Hitze dieses ungewöhnlich heißen Oktobers begann bereits wieder sein Büro auszufüllen, und so ließ er erst einmal die Jalousien herunter.

Dann ließ er sich zufrieden in seinen bequemen Sessel fallen. Es kam nicht oft vor, dass man innerhalb weniger Stunden so viele neue Informationen bekam, die einen Fall in völlig anderem Licht erscheinen ließen. Er musste versuchen, noch heute Vormittag den Oberstaatsanwalt zu erreichen.

Kurzerhand nahm er den Hörer seines antiquiert aussehenden Telefons in die Hand und ließ sich von der Telefonzentrale mit der Staatsanwaltschaft verbinden. Es dauerte auch gar nicht lange, da hatte er die Sekretärin des leitenden Beamten an der Strippe.

Als er sein Anliegen erklärt hatte, sagte diese: »Keine Chance, Dr. Avenidis ist im Moment bei Gericht, und heute Nachmittag hat er frei. Er wird sich morgen bei Ihnen melden.«

»Ich müsste ihn aber dringend sprechen. Kann er mich denn nicht zwischendurch einmal anrufen?«

»Ich werde es ihm ausrichten, und wenn es sich einrichten lässt, meldet er sich«, blaffte ihn die ziemlich genervt klingende Sekretärin an. Aber Kommissar Cleonitidis hatte den Eindruck, dass die junge Frau trotz ihrer abweisenden Art sein Anliegen weitergeben würde.

Kaum hatte er aufgelegt, kam sein Assistent Spiros herein und grüßte außergewöhnlich fröhlich.

»Na, du hast heute aber gute Laune.«

»Ich hab auch gute Neuigkeiten.«

»Noch mehr? Ich nämlich auch. Aber du zuerst, dann schieß mal los.«

»Also«, begann Spiros, »der Aufruf mit den Plakaten hat sich gelohnt. Neben einigen Leuten, die sich nur wichtigmachen wollten, hat sich mindestens ein Mann gemeldet, der unseren mutmaßlichen Täter auf dem Weg zur Akropolis hinauf gesehen hat. Auch wenn es früher am Vormittag war. Die Personenbeschreibung passt jedenfalls, und auch mit der Aussage der alten Bäuerin zusammen, die dort auf dem Weg ihre Deckchen anpreist. Sie sprach ebenfalls von einem großen, sehr breit gebauten Mann, der den ganzen Vormittag lang zur Akropolis rauf und wieder runtergetrabt ist. Jedes Mal ist er so dicht an ihrer Ware vorbeigerauscht, dass er alles durcheinandergewirbelt hat.«

»Wenn das kein guter Tag ist«, freute sich der Kommissar und erzählte seinem Assistenten nun, was er erfahren hatte.

»Das ist spitzenklasse«, sagte Spiros, aber es klang etwas zögerlich, so als wartete er noch auf etwas.

Deshalb fragte sein Vorgesetzter ihn: »Was ist los? Freust du dich denn nicht über unsere Fortschritte?« Er sah seinen Kollegen Spiros durchdringend an, dann glaubte er zu erkennen, was los war. »Schon gut, ich werde deine Plakataktion an der richtigen Stelle zu erwähnen wissen«, sagte Cleonitidis, der wusste, dass sein Kollege sehnlichst auf die Zulassung zur Kommissar-Ausbildung wartete und den Mehrverdienst auch wirklich brauchen könnte. In dem Moment läutete das Telefon, und der Oberstaatsanwalt war am Apparat.

»Was gibt es denn so Dringendes?«, bellte er vorwurfsvoll. »Meine Sekretärin ist ganz aus dem Häuschen und hat mich noch bei Gericht angerufen. Ich wollte eigentlich direkt nach Hause fahren. Aber jetzt müssen die Gäste zu Hause wohl noch warten, und das zum Fünfzigsten meiner Frau …«

»Ich habe im Laufe des Vormittags so wichtige Infos zum Mordfall Stürmer erhalten, dass eine weitere Inhaftierung unseres bisherigen Verdächtigen unter diesen Umständen mehr als fragwürdig ist. Nach allem, was wir jetzt wissen, ist der dringende Tatverdacht nicht mehr haltbar.«

Danach berichtete Cleonis Cleonitidis von dem Foto, das Peter Stettner gefunden hatte, und was er sonst noch im Hotel erfahren hatte. Er berichtete weiter von seinem Gespräch mit Mikis Zounakis und von dem Zeugen, den er nach der Aussage des Wirtes ziemlich schnell in einem der umliegenden Hotels gefunden hatte. Schließlich war das Ehepaar zu Fuß gekommen, und angesichts des hohen

Alters des Mannes von rund fünfundachtzig Jahren kamen außer dem Blue Sea nur zwei weitere Hotels infrage, die bequem zu Fuß zu erreichen waren. Seine Aussage war denn an Deutlichkeit auch kaum zu übertreffen gewesen. Obwohl schon alt, war der Mann ein guter Beobachter und vollkommen klar im Kopf. Er hatte ausgesagt, dass der große Kerl, der hinauf zur Akropolis wollte, sich erst an einem von oben entgegenkommenden Mann – Herrn Stürmer – vorbeigedrängt habe, dann vor der Frau, die ein gutes Stück hinter ihm ging – Ilona Stürmer –, stehenblieb und sie schließlich herunterstieß. Leider war der alte Mann etwas kurzsichtig, und da seine Brille am Vortag kaputt gegangen war, hatte er zuerst geglaubt, er habe sich geirrt. Als das Ganze dann auch noch als Unfall durch die Presse ging, traute er seinen Augen rückblickend noch weniger und ließ das Ganze auf sich beruhen. Leider konnte er auch keine wirklich brauchbare Personenbeschreibung abgeben. Lediglich, dass es ein sehr großer Mann war, zudem breit wie ein Schrank, konnte er mit Sicherheit sagen.

Als der Kommissar eine Pause machte, sagte der Oberstaatsanwalt mürrisch: »Deshalb holen Sie mich ins Büro zurück? Gut, an dem Tatverdacht lässt das Zweifel aufkommen, aber zwingend nicht mehr haltbar? Na ja.«

»Moment, ich war noch nicht fertig. Jetzt kommt mein Kollege Spiros ins Spiel. Er hat eine sehr wirkungsvolle Plakataktion ins Leben gerufen und damit einige Zeugenaussagen bekommen. Zwei davon ergänzen die Beschreibung des Alten sehr gut.«

Als der Staatsanwalt höflich, aber auch etwas gelangweilt nachfragte, erzählte der Kommissar ihm alles, was er kurz zuvor von seinem Assistenten erfahren hatte, und schloss mit den Worten: »So, das ist der neuste Stand.«

»Ich werde mich gleich mit dem Haftrichter in Verbindung setzen, damit er über die Freilassung dieses Stürmer verfügt«, sagte der Staatsanwalt, dann legte er ohne ein weiteres Wort auf.

»Dann fassen wir mal zusammen«, sagte Peter zu Stefan, als sie am Pool auf ihren Liegestühlen saßen. »Wir haben fünf Personen, die wir durchleuchten müssen. Zumindest die Deutschen dürften inzwischen wieder in der Heimat sein. Deshalb sollten wir Olli anrufen und ihn beauftragen, ob er etwas zu diesen Leuten in Erfahrung bringt.«

»Ja, tu das und lass uns in Ruhe eine Strategie entwickeln«, sagte Stefan. »Das Wichtigste dürfte sein, dass unsere Frauen nichts mitbekommen. Wenn die bemerken, dass wir zu ermitteln anfangen, werden sie aus der Haut fahren.«

»Kann ich mir lebhaft vorstellen«, sagte Peter grinsend. »Darum werden wir erst mal nur über den Fall reden, wenn wir allein sind, und in der Zwischenzeit Informationen sammeln.«

»Genau. Unsere Stunde wird kommen.«

»Richtig«, sagte Peter grinsend, »aber jetzt will ich in den Pool.«

Am Nachmittag dieses Tages war Alex Stürmer wieder frei. Zuerst hieß es noch, er müsse sich nach seiner Entlassung noch im Hotel oder der näheren Umgebung zur Verfügung halten, später war auch davon keine Rede mehr.

»Sie können jederzeit abreisen«, hatte der inzwischen sehr freundliche Beamte, in dem Alex Stürmer den Assistenten des Kommissars wiedererkannte, zu ihm zum Abschied gesagt.

Der Unternehmer überlegte lange, was er tun sollte, entschloss sich dann aber, den Urlaub wie geplant zu beenden und die wenigen noch bleibenden Tage auszunutzen, um in der Abgeschiedenheit vom Alltag etwas zur Ruhe zu kommen. Erst als Alex Stürmer frisch geduscht und umgezogen an der Hotelbar saß, atmete er erleichtert auf.

»Endlich wieder in Freiheit! Dass ich das noch erleben darf. Ich hätte es kaum noch für möglich gehalten.«

Nach zwei Gläsern Wein und einem kurzen Imbiss ging er gegen sechzehn Uhr zurück zu seinem Apartment und sah sich um. Fremd und seltsam kam ihm hier alles vor. Zum Glück war von der Anwesenheit Ilonas nichts mehr zu spüren, sodass er es wagen konnte, noch einige Tage hier zu verweilen. Er zog seine Badehose an; viel zu lange hatte er darauf verzichten müssen. Die wenigen Tage, die er im Gefängnis verbracht hatte, kamen ihm im Rückblick wie Jahre vor.

Als Alex die Schranktür öffnete, um das Badetuch herauszunehmen, fiel ihm Ilonas sündhaft teure rote Designerhandtasche entgegen, die sie achtlos in den Schrank geworfen hatte, als ihr dieses Spielzeug langweilig geworden war.

Ein kleines bisschen wunderte er sich darüber, dass er nicht wie sonst zornig oder traurig wurde, wenn er an seine Frau und an ihre verpfuschte Ehe dachte. Mit einiger Verspätung fiel ihm ein, was ihm der Kommissar am Mittag eröffnet hatte: dass es einen anderen Verdächtigen gebe, der mit seiner Frau in Verbindung gestanden habe. Für Alex passte das nur zu gut zu seinem Verdacht, dass Ilona etwas gegen ihn im Schilde geführt hatte. Seitdem war jedes Gefühl für sie erloschen. Nicht einmal hassen konnte er sie noch, seit sie tot war.

Mitten in seine Gedanken hinein platzte das Klingeln

seines Zimmertelefons, und Alex zuckte erschrocken zusammen.

Er nahm ab, erkannte die Stimme von Cleonis Cleonitidis und fragte verwundert: »Ach, Herr Kommissar, was gibt es denn noch?«

»Ich komme heute Abend zu Ihnen ins Hotel raus, könnten wir uns vielleicht so gegen halb neun auf der Hotelterrasse treffen?«

»Natürlich«, sagte Alex Stürmer verwundert und beendete das Gespräch.

Nun musste er aber hinaus, nichts hielt ihn mehr im Zimmer. Licht, Luft, Wasser war alles, was er jetzt wollte. Er hängte sich sein großes Badetuch über die Schultern und eilte leichtfüßig durch die Anlage dem Strand entgegen. Er ergatterte eine der wenigen freien Liegen, warf das Handtuch darauf und rannte zum Meer hin.

Puh, ist das Wasser kalt, dachte er, als er sich in die Fluten gleiten ließ. Inzwischen merkte man doch, dass der Oktober schon weit fortgeschritten war. Dann schwamm er mit kräftigen Zügen hinaus. Da das Meer heute ruhig und friedlich war, drehte er sich auf den Rücken und ließ sich einfach auf den Wellen treiben.

Ein ungeahntes Glücksgefühl überkam ihn, und er dachte: Danach habe ich mich lange gesehnt. Noch heute Morgen hatte er gefürchtet, auf Jahre hinaus darauf und auf so viel anderes verzichten zu müssen, und nun … Aber was um Himmels willen wollte dieser Kommissar schon wieder von ihm?

»Schön, dass Sie so pünktlich sind«, begrüßte ihn der Kommissar, als Alex Stürmer nach dem Abendessen um zwanzig nach acht die Terrasse betrat.

»Sind Sie schon lange da?«, fragte er.

»Grade mal fünf Minuten. Ich bin extra etwas früher gekommen, um diesen schönen Ausblick hier zu genießen.«

»Ja, hier ist es wunderschön. Meine Frau hatte für solche Trivialitäten, wie sie es nannte, kein Auge. Sie weiß, äh, wusste gar nicht, was ihr da entging.«

»Dann erholen Sie sich noch etwas und genießen die letzten Tage. Soweit das möglich ist nach der tragischen Wendung, die Ihr Urlaub genommen hat. Werden Sie noch einen Ausflug machen?«

»Das kann ich beim besten Willen noch nicht sagen. Im Moment glaube ich aber, dass mir der Spaß an Besichtigungen gründlich vergangen ist.«

»Rhodos-Stadt ist am Abend aber ganz besonders schön … Wie auch immer, nicht darüber wollte ich mit Ihnen plaudern. Der wahre Grund, warum ich hier bin, ist, dass ich noch einige Fragen an Sie habe.«

»Ach ja? Trauen Sie mir noch immer nicht über den Weg?«

»Nein, nein, keine Angst. Sagen Ihnen diese Namen etwas?« Er zeigte ihm sein Handy-Display, wo die Namen der fünf Verdächtigen, so wie sie sie entziffern konnten, zu lesen waren. »Ich kann aber nicht garantieren, dass die Namen alle so lauten, da wir nur schlecht lesbare Handschriften gefunden haben.«

»Nein, ich habe keinen dieser Namen jemals gehört. Aber warum wollen Sie das wissen?«, fragte Alex, der ahnte, dass sie hinter einem dieser Namen den Verdächtigen vermuteten, den der Kommissar erwähnt hatte.

»Auch wenn man glaubt, nichts zu wissen, weiß man meist doch etwas. Denken Sie in Ruhe darüber nach. Ich denke derweil darüber nach, dass ich Ihnen die richtigen Fragen stelle.«

»Bitte, was wollen Sie sonst noch wissen? Wenn Sie mich für unschuldig halten, dürften doch gar keine Fragen mehr offen sein!«

»Da irren Sie sich gewaltig. Die Arbeit an diesem Fall geht natürlich weiter, schließlich läuft der Täter noch immer frei herum, und meine Aufgabe ist es, ihn hinter Schloss und Riegel zu bringen.«

Als der Kommissar gegangen war, zückte Alex Stürmer sein Handy, stellte fest, dass der Akku schon wieder leer war, und ging zielstrebig ins Hotelfoyer, wo sich die Münzfernsprecher befanden. Da es im Handyzeitalter leider nur noch wenige davon gab, musste er einige Minuten warten, bis er an die Reihe kam. Schnell wählte er die Nummer nach Deutschland und hatte nur wenige Augenblicke später seinen Vater am Telefon.

»Alex, mein Junge! Schön, dass du dich meldest. Wie geht es dir nach alledem?«

»So einigermaßen. Und dir?«

»Jetzt wieder besser, da ich endlich deine Stimme höre. Seit wann bist du denn wieder zurück im Hotel?«

»Seit kurz vor halb drei. Dann brauchte ich erst einmal was zu essen, eine Dusche und ein ausgiebiges Bad im Meer.«

»Das kann ich gut verstehen. Hast du vor einer Stunde schon mal versucht, mich anzurufen? Leider konnte ich nicht rechtzeitig abnehmen.«

»Nein, da war gerade der Kommissar bei mir und hat mich befragt. Schließlich läuft der wahre Mörder von Ilona noch immer frei herum.«

»Stimmt … ob die den jemals fassen?«

»Ich weiß es nicht, und wenn ich ehrlich bin, erschrecke ich fast schon vor mir selbst wie gleichgültig mir das ist.«

»Ach, Junge … du weißt ja, was ich von dieser Frau gehalten habe. Ruh dich die paar Tage noch aus und komm dann zurück. Hier wartet eine Menge Arbeit auf dich.«

Als er aufgelegt hatte, dachte Alex Stürmer voller Liebe an seinen alten Herrn und bewunderte ihn dafür, dass er sich trotz seiner angeschlagenen Gesundheit nicht unterkriegen ließ. Aber er freute sich auch darauf, bald wieder zu Hause anpacken zu können, ohne ständig von den Launen und Eskapaden seiner Frau abgelenkt zu werden.

Nicht nur Alex Stürmer träumte von zu Hause. Auch der hünenhafte Mann, der nach seiner überstürzten Abreise aus dem Hotel auf die andere Seite der Insel geflohen war, bereitete seine Rückkehr nach Deutschland vor. Hier war er in einer kleinen Pension im Bezirk Ialyssos unweit des Flughafens untergetaucht.

Es war ihm klar, dass er unmöglich unter seinem bürgerlichen Namen zurückfliegen konnte, und eine Fähre konnte er auch nicht benutzen. Die Berichte in den örtlichen Zeitungen verhießen nichts Gutes. Schließlich waren die Beamten der griechischen Polizei keine Anfänger und hatten den möglichen Täterkreis bestimmt schon stark eingegrenzt. Außerdem würden garantiert der Flug- und die Seehäfen überwacht. Und dass auch noch sein Geld langsam knapp wurde, machte seine Lage auch nicht gerade angenehmer.

So reifte an diesem Abend der Plan in ihm, irgendeinen Geschäftsmann zu überfallen, wenn dieser seine Tageseinnahmen zum Nachttresor der Bank bringen wollte.

Mit diesem Geld konnte er sich dann einen falschen Pass machen lassen, was dank seiner Erfahrungen im kriminellen Milieu selbst auf einer Urlaubsinsel wie Rhodos mit einer Hauptstadt von höchstens sechzigtausend Einwohnern kein Problem werden würde. Das konnte aber einige Tage dauern, und bis dahin würden auch die Kontrollen am Flughafen wieder gelockert. Dort könnte er dann ganz kurzfristig ein Ticket für die nächste Maschine erstehen, und weg wäre er.

Mit diesem Plan im Hinterkopf wollte er den Tag in einer kleinen, sehr preiswerten Bar unweit des Strandes beschließen – auf Beutezug gehen würde er am nächsten Abend. Er nahm an einem der einfachen Tische Platz, bestellte einen großen Krug Wein und ließ seinen Gedanken freien Lauf.

Fast augenblicklich wanderten sie zu Ilona. Zuerst dachte er noch an ihren Körper und wie schön es war, wenn sie sich geliebt hatten, aber je mehr er trank, umso mehr schlug seine Zuneigung in Hass um.

Verdammt, diese Frau hatte doch nur einen Dummen gesucht, der ihren Mann beseitigte. Dafür durfte er mit ihr ins Bett steigen. Mehr war es doch nicht. Geliebt hatte sie ihn nie. Geschah ihr recht, dass es sie selbst erwischt hatte. Wie konnte er nur so verblendet sein? Er wusste doch, dass sie eiskalt war. Sie war schon seit Jahren mit ihren Eltern und ihrer Schwester zerstritten, weil sie alle angepumpt und nichts zurückgezahlt hatte. Und als er sie einmal darauf ansprach, war ihr einziger Kommentar: Ist mir doch egal, wenn die so dumm sind. Kein Wunder, dass sie ihre große Chance witterte, als …

Mit einem Mal stand ihm der Aufstieg auf die Akropolis wieder klar vor Augen. Als er und Alex Stürmer sich auf dem schmalen Weg aneinander vorbei schoben, hatte er einen

Moment zu lang gezögert, ihn herunterzustoßen, und dann war die Chance vertan. Darauf kam ihm Ilona, die ein Stück dahinter ging, entgegen, schaute ihn mit vernichtender Herablassung an und flüsterte »Versager« ... eine Woge von Wut überrollte ihn, und im nächsten Moment sah er sich selbst, wie er ihr mit beiden Händen einen kräftigen Stoß gab ...

Ach, was sollte der ganze Mist? Er musste sehen, dass er unbeschadet aus der Sache herauskam, und zwar möglichst schnell.

Ob es am Wein lag oder an seiner aufgeheizten Stimmung, konnte er selbst nicht sagen, aber als der Krug leer war, rief er den Wirt herbei, zahlte und fuhr mit dem letzten Bus in die Stadt hinein, wo er auf die Suche nach einem geeigneten Opfer ging.

Am nächsten Tag, es war Freitag, war es bereits am frühen Morgen so heiß, dass Peter beim Frühstück schon zu schwitzen begann. Selbst für die Inselbewohner war dieses Wetter so ungewöhnlich, dass das Inselradio, das für die Touristen stundenweise auch auf Deutsch sendete, kaum noch ein anderes Thema kannte. Selbst der Todesfall auf der Akropolis in Lindos geriet darüber ins Hintertreffen.

»Na, das kann lustig werden«, war denn auch Verenas Kommentar. »Aber auch wenn wir vor Hitze keuchen, müssen wir uns beeilen. Der Bus wartet nicht auf uns.«

Um den Preis für zwei Taxen zu sparen, hatten sie sich für einen organisierten Ausflug nach Symi entschieden – was bedeutete, dass sie eingequetscht wie die Sardinen in der Dose im Reisebus saßen, der sie mit aberwitziger Geschwindigkeit nach Rhodos-Stadt zum Fähranleger brachte. Dafür brauchten sie sich aber auch keine Gedanken über Tickets und Abfahrtszeiten zu machen. Außerdem würden sie so in den Genuss kommen, auf dem Hinweg das Kloster Panormitis zu besichtigen. Alles war aufeinander abgestimmt.

Während sie über den ziemlich schmalen Steg von der Hafenmole aufs Schiff gingen, krallte sich Annika so sehr an Peters Hand fest, dass die Abdrücke ihrer Fingernägel deutlich auf seiner Haut zu sehen waren.

»Wir sind gleich im Fahrgastraum, dann hast du es geschafft, Schatz«, sagte Peter fürsorglich, und Sven, der im Gegensatz zu seiner Mutter Schiffe liebte, stichelte: »Wie kann man nur so ängstlich sein!«

Das brachte ihm einen verärgerten Blick von Peter ein, und er hätte seine vorlaute Äußerung am liebsten zurückgenommen.

»Ich wollte …«

»Schon gut, geschenkt. Aber wer austeilt, sollte auch einstecken können. In dem Zusammenhang wollte ich dich nur mal an letztes Jahr auf der Dippemess erinnern. Deine Panikattacke, als wir in die Berg-und-Tal-Bahn … Na ja, lassen wir das.«

Die Erinnerung an den Vorfall auf der Frankfurter Messe ließ Sven leicht erröten.

Sie beschlossen, alle bei Annika im Innenraum des Katamarans zu bleiben und nicht, wie ursprünglich geplant, die Fahrt auf dem Oberdeck zu genießen.

Als sie am Kloster ausstiegen und Annika wieder festen Boden unter den Füßen hatte, dachte sie: So schlimm war's doch gar nicht.

Während Verena, Annika und Peter sich der Reisegruppe anschlossen, die ins Klosterinnere geführt wurde, blieb Stefan bei Sven und den Zwillingen, die das Klostercafé entdeckt – und vor allem das riesige Schild davor mit der Eiswerbung nicht übersehen hatten. Besonders die Zwillinge waren störrisch wie die Maulesel davor stehengeblieben und nicht bereit gewesen, sich auch nur einen Schritt weiterzubewegen.

Eine gute halbe Stunde später waren die anderen zurück, setzten sich zu ihnen, schwärmten vom wunderschönen Innenhof mit seiner Blumenpracht und zeigten die Bilder, die sie in Serie geschossen hatten.

Auf Stefans Frage, ob er denn nicht auch gern mit hineingegangen wäre, erwiderte Sven nur: »Kannte ich schon vom Reiseführer.« Dabei hätte es ihn schon gereizt, das mal von innen zu sehen, aber er hatte, dachte er, Stefan doch nicht mit den quirligen Zwillingen allein lassen können.

Bald darauf waren alle wieder auf dem Express-Schiff, und kaum war es abgefahren, fragte Peter in die Runde, wobei er sich vorrangig an Stefan wandte: »Ob der Kommissar den Mörder inzwischen erwischt hat?«

»Ist mir grad' völlig egal«, brummte Annika, und Stefan konnte nichts sagen, da seine Töchter ihn, seit sie wieder auf dem Schiff waren, abwechselnd mit Gummibärchen fütterten.

»Kannst du selbst heute an gar nichts anderes denken?«, fragte Annika und fügte grinsend hinzu: »Lass Kommissar Cleonitidis das mal selbst machen. Der Mann macht seinen Job auch nicht erst seit gestern.«

»Eins zu null für Annika«, ergriff Verena ihre Partei, und alle lachten herzhaft, während der Kapitän Kurs auf die Hafeneinfahrt von Symi nahm.

9.

Am Sonntagabend saßen die beiden Familien wieder einmal im Lokal Panorama mit dem schönen Biergarten. Seit dem Tag auf Symi war der Mord auf der Akropolis kein Thema mehr gewesen. Was nicht zuletzt auch daran lag, dass ihr Urlaub sich deutlich dem Ende zuneigte. Allerdings wussten Annika und Verena nicht, dass Kommissar Cleonitidis am Samstag im Hotel gewesen war und die beiden Männer auf der Hotelterrasse getroffen hatte. Dabei hatte er sie gebeten, weiter die Augen offenzuhalten, da er vermutete, dass der Täter sich noch auf der Insel aufhielt.

Auf ihre Frage, wie er denn darauf käme, hatte der Kommissar ihnen von einem Geschäftsmann erzählt, der vor seinem Laden überfallen, niedergeschlagen und ausgeraubt worden war. Wie viel der Räuber erbeutet hatte, war allerdings nicht bekannt, da das Opfer noch immer im Koma lag und nicht sicher war, ob der Mann jemals wieder erwachen würde. Der einzige Augenzeuge des Ganzen war zu weit entfernt gewesen und hatte kaum etwas erkennen können. Schließlich geschah das Ganze auch in einer dunklen Gasse gegen Mitternacht von Donnerstag auf Freitag in Rhodos-Stadt. Dass der Täter außergewöhnlich groß und breit gebaut war, hatte der Zeuge aber erkennen können. Nicht nur weil der Kommissar sie gebeten hatte, Stillschweigen über das Gespräch zu wahren, hatten sie auch ihren Frauen gegenüber geschwiegen und so den Familienfrieden gewahrt.

Daran änderte sich auch nichts, als Alex Stürmer, der inzwischen erfahren hatte, wer so tatkräftig an seiner Entlastung mitgearbeitet hatte, auf seinem Abendspaziergang an der Bar vorbeikam.

Als er Peter und Stefan erblickte, kam er herüber und sagte: »Ich will nicht lange stören, mich nur bedanken, dass Sie so viel für mich getan haben.«

»Das war doch selbstverständlich«, sagte Peter, und Stefan fügte hinzu: »So wild war das nun auch nicht.«

»O doch! Wenn Sie zum Beispiel, als Sie das Foto gefunden haben, gesagt hätten: ›Was geht mich das an …‹«

»Okay«, sagte Stefan und dachte: Na, so übel ist der Kerl gar nicht.

Peter schien das ähnlich zu sehen, denn er sagte: »Setzen Sie sich doch her und trinken ein Glas Wein mit uns.«

»Gerne.«

Alex Stürmer redete eine ganze Weile mit den Detektiven und ihren Familien und vermied es dabei, vor allem mit Blick auf die am Tisch anwesenden Kinder, allzu viel von den Ereignissen der letzten Tage oder von Ilona zu sprechen.

Eine halbe Stunde später sagte er: »Ich werde mich jetzt verabschieden. Mein Urlaub ist morgen zu Ende. Um halb elf werde ich abgeholt.«

»Dann guten Heimflug, und grüßen Sie Frankfurt von uns«, sagte Annika.

»Wird gemacht. Wie lange sind Sie noch hier?«

»Bis Mittwoch.«

»Dann wünsche ich noch schöne Urlaubstage.«

Am Montagmorgen – Peter hatte es geschafft, noch einmal den Kleinbus für einen Tag zu ergattern – brachen sie zu ihrem letzten Ausflug auf. Sie wollten nun endlich nach Petaloudes ins Schmetterlingstal, ein Ausflug, den sie wegen der dramatischen Ereignisse hatten verschieben müssen. Auch wenn sie im Oktober keine Schmetterlinge mehr sehen würden – diese fielen nur während der Paarungszeit im Hochsommer zu Tausenden dort ein –, war das Tal doch von üppiger landschaftlicher Schönheit. Angesichts der dichten Bewaldung und des klaren Gebirgsbachs, der in Kaskaden das streckenweise steil abfallende Tal durchfloss, geriet Sven in wahre Begeisterungsstürme.

Sie gingen den schön angelegten, an den steilsten Stellen mit Treppen versehenen Spazierweg bis zum Schmetterlingsmuseum hinunter, und Sven, der sonst eher lauffaul war, rannte auf dem Weg nach oben vor Begeisterung voraus.

Als endlich alle wieder oben beim Imbiss angekommen waren, tranken sie noch eine Tasse Kaffee und machten sich dann auf den kurzen Fußweg zum Parkplatz.

Der gemietete Kleinbus hatte seine liebe Mühe, die kleine Gruppe wieder über den Gebirgspass auf die südliche Seite der Insel zurückzubringen. Als sie bereits Kolymbia entgegenfuhren, sagte Stefan, der am Steuer saß: »Ich habe auch noch eine kleine Überraschung für euch«, und bog, ohne weitere Worte zu verlieren, rechts in einen staubigen, unbefestigten Waldweg ab. »Vielleicht haben wir Glück und finden einen Parkplatz.«

»Wo sind wir hier?«, fragte Annika misstrauisch, und Sven, der immer noch vom Schmetterlingstal schwärmte, rief plötzlich grinsend: »Seht mal, da vorn ist das Hexenhaus von Hänsel und Gretel!«

»Hurra!« Die Zwillinge, von denen Sven wusste, dass es ihr Lieblingsmärchen war, sprangen sofort darauf an. »Komm, Mami, wir wollen die alte Hexe sehen!«

»Solange ihr nicht mich damit meint«, sagte Verena grinsend, und da inzwischen alle ausgestiegen waren, gingen sie auf das Haus zu.

Kaum hatten sie es erreicht, rief dieses Mal nicht nur Sven vor Begeisterung laut: »Donnerwetter!« Auch alle anderen ließen ihrer Begeisterung freien Lauf beim Anblick dieses wunderschönen Ausflugslokals, das mitten in einem hochstämmigen Wald auf mehreren gegeneinander versetzten Terrassen über einem gurgelnden und gluckernden Bachlauf lag.

Da hätte es gar nicht mehr der überall frei herumlaufenden Pfauen bedurft, dem Ort eine wahrhaft exotische Note zu geben.

»Das Ganze nennt sich *Epta Piges*, was so viel heißt wie ›sieben Quellen‹. Wir haben es bei unserem ersten gemeinsamen Urlaub entdeckt«, erklärte Verena, kurz bevor ein Kellner kam und nach ihren Wünschen fragte.

Kurz darauf hatten alle ein Getränk und einen Teller mit Gyros vor sich stehen. Den Mann, der keine fünfzig Meter von ihnen hinter einem dicken Baumstamm Deckung gesucht hatte, bemerkte niemand.

Als der hünenhafte Mann nach Epta Piges kam, ärgerte er sich, dass sein Geschäftspartner, der ihm den falschen Pass angefertigt hatte, ihn ausgerechnet hierherbestellt hatte, um das Geschäft abzuschließen. Andererseits, so schlecht war der Platz gar nicht gewählt. Alles sehr weitläufig, viele Leute, sodass man in der Menge nicht auffiel, und rundum viel Platz, sodass man abtauchen konnte, wenn es brenzlig wurde.

Nun, da er diese Leute entdeckt hatte, von denen er wusste, dass sie Detektive waren und einen guten Draht zum örtlichen Kommissar hatten, war er erst recht froh, dass es hier reichlich Möglichkeiten gab in Deckung zu gehen.

Nicht auszudenken, wenn sie ihn erkannt hätten.

Als die beiden Familien es sich aber in dem Restaurant sichtbar gemütlich machten und keine Anstalten machten, ihren Aufenthalt zu beenden, sah er sich gezwungen, seinen Geschäftspartner anzurufen.

Er zückte sein Handy, wählte die Nummer, die er von ihm für den Notfall bekommen hatte, und sagte, als die Gegenseite sich meldete: »Wir müssen das Treffen um zwei Stunden verschieben. Hier sitzen Leute, die mich erkennen könnten.«

»Dein Problem. Ich habe nachher noch was vor. Heute wird das nichts mehr. Morgen um die gleiche Zeit. Wie wäre es mit der Akropolis von Lindos? Ha, ha.«

»Um Gottes willen, nein, dann lieber wieder hier. Die werden morgen nicht schon wieder hier sitzen.«

»Okay, aber denk dran: fünftausend, nein, halt, jetzt fünftausendfünfhundert. Ich habe zusätzliche Kosten, ich war schon fast da. Ist das klar?«

»Selbstverständlich«, sagte der Mann. Er war froh, dass sein Geschäftspartner nicht noch mehr Aufschlag verlangte.

Sein Raubzug hatte ihm nicht einmal siebentausend gebracht … er würde die alte Dame von der Pension um ihr Geld prellen müssen, um wenigstens das Flugticket noch kaufen zu können.

Am Dienstagmorgen brach für die beiden Familien der letzte Urlaubstag an, und sie beeilten sich ans Meer zu kommen. Die letzten Stunden sollten noch einmal ganz im Zeichen der Erholung stehen, bevor am Mittwoch die Heimreise und ab Donnerstag die Rückkehr in den Arbeitsalltag bevorstand. Auch für Sven würden mit dem Wochenende die Herbstferien zu Ende gehen. Er war an diesem Tag so schnell im Wasser verschwunden wie vorher im ganzen Urlaub nicht.

Er legte sich auf den Rücken, ließ sich treiben und sah zu den wenigen weißen Wolken am Himmel hinauf. Dabei konnte er am besten seinen Gedanken nachhängen und träumen, irgendwann noch einmal hierherzukommen. Wahrscheinlich wäre er dann schon erwachsen und würde allein herfliegen müssen, denn dass seine Mutter und Peter es schafften, in den nächsten Jahren noch einmal Urlaub im Süden zu machen, war nicht unbedingt anzunehmen.

Plötzlich zuckte er zusammen.

Meine Güte, dachte er, dass man so etwas vergessen kann. Das musste er unbedingt Peter erzählen – aber erst wollte er noch eine Runde schwimmen, wer weiß, wann er wieder dazu käme.

Als Sven aus dem Wasser kam und sich abtrocknete, sagte er schnell: »Du, Peter, mir ist beim Schwimmen etwas eingefallen, was ich dir schon längst erzählen wollte.«

»Na, dann schieß mal los.«

»Als wir das erste Mal am Strand waren, habe ich etwas beobachtet, dem ich zunächst keine Beachtung geschenkt habe. Erst vorhin im Meer ist es mir wieder eingefallen.«

Peter wurde sofort hellhörig und sagte fordernd: »Erzähl schon.«

»Damals konnte ich es wegen der großen Entfernung nicht so recht deuten, aber jetzt denke ich, es war ganz anders, als es schien.«

»Du sprichst in Rätseln, Junge – was hast du gesehen?«

»Da hat ziemlich weit draußen im Meer eine Frau um Hilfe gerufen und wild mit den Armen gerudert. Ich bin mir inzwischen sicher, es war Ilona Stürmer.«

»Interessant, aber das war doch bestimmt noch nicht alles, oder?«

»Nein, ein Mann schwamm zu ihr hin, packte sie und wollte mit ihr zum Strand zurückschwimmen. Das war ganz deutlich zu sehen. Aber plötzlich haben die beiden eine Kehrtwendung gemacht und sind hinter der Felsnase da vorne verschwunden. Es sah ganz so aus, als ob die Frau keine Hilfe mehr benötigte. Ich hatte ohnehin den Eindruck, als ob das Ganze inszeniert gewesen wäre.«

»Donnerwetter, Sven, das hast du gut beobachtet! Und deine Schlussfolgerungen scheinen mir auch plausibel. Du wirst es als Ermittler bestimmt mal weit bringen.«

Das hätte er besser nicht gesagt, denn erst rutschte Annika »Ja, bis vor die Glotze« heraus, dann warf sie Peter einen ärgerlichen Blick zu und sagte: »Musst du ihn auch noch darin bestätigen, dass er ein guter Detektiv werden könnte? Du weißt genau, dass es mir ganz und gar nicht gefällt, wie sehr er für deinen Beruf schwärmt.«

Während Peter betreten zu Boden sah, sprang Stefan in die Bresche und fragte den Jungen: »Fällt dir sonst noch etwas ein? Wie sah der Mann denn aus?«

»Viel kann ich nicht sagen, da er im Wasser war. Aber hast du mal Wrestling im Fernsehen angesehen? So breite Schultern wie die hatte er auch. Ach ja, und blond war er. Ganz hellblond.«

Peter sah auf und zu Stefan hinüber, der ebenfalls ganz gebannt zugehört hatte. »Denkst du das Gleiche wie ich?«

»Ja. Wir sollten Kommissar Cleonitidis darüber unterrichten. Das mit der Haarfarbe dürfte auch für ihn neu sein. Vielleicht kann er noch mal mit den Angestellten reden und herausfinden, wer von den fünf jungen Männern, die abgereist sind, blond war. Immerhin glaubt er, dass der Täter sich noch auf der Insel aufhält.«

»Leider habe ich mein Handy im Zimmer vergessen.«

»Ich habe meins auch nicht dabei. Machen wir den Anruf, wenn wir zurückkommen?«

Mittlerweile war es Nachmittag geworden, und alle gingen zum Pool hinauf, um ein letztes Mal zu schwimmen. Man planschte ausgelassen herum, und die Zwillinge schütteten sich kichernd mit ihren Eimerchen gegenseitig Wasser über die Füße.

»Was macht ihr denn da?«, fragte Verena, der das Verhalten ihrer Kinder seltsam vorkam.

»Ach, wir haben daran gedacht, wie wir dem Mann Wasser über die Füße geschüttet haben«, antwortete Alina. »Das war lustig. Er hat sich nicht mal geärgert, weil er seine Füße nicht mehr waschen brauchte.«

»Aber Alina, das kann man doch nicht machen! Wer war denn das?«

»Weiß nicht«, antwortete nun Anina. »Aber er sah dem Weihnachtsmann ziemlich ähnlich – groß und breit.«

Während die Zwillinge sich königlich amüsierten, sahen sich die Erwachsenen völlig entgeistert an.

Spät in der Nacht, die Zeiger von Peters Armbanduhr rückten gerade auf halb zwölf vor, setzte die Boeing 737 zum Landeanflug auf den Flughafen Frankfurt am Main an. Als sich die Türen des fast bis auf den letzten Platz ausgebuchten Ferienfliegers endlich öffneten, war es genau eine Minute nach Mitternacht.

Die Zwillinge, die den gesamten Flug verschlafen hatten, waren jetzt putzmunter und kaum zu bändigen, während Sven, den das Fliegen so sehr faszinierte, dass an Schlaf nicht zu denken gewesen war, nun vor Müdigkeit kaum noch geradeaus gehen konnte. Da half auch die Cola nichts, die seine Mutter ihm ausnahmsweise so spät abends genehmigt hatte.

Aber auch die anderen waren vom Reisen geschafft. Seit sie um fünfzehn Uhr aus dem Hotel abgeholt worden waren, war der Tag recht stressig verlaufen. Zunächst hatte sie ein proppenvoller Bus erwartet, dann waren sie in einen Stau geraten, sodass sie im Trab zum Gate rennen mussten, um zu guter Letzt dort zu erfahren, dass ihr Flug fünfundvierzig Minuten Verspätung hatte.

Aber nun war es endlich so weit. Sie hatten ihre Koffer und waren auf dem Weg zum Ausgang. Die beiden Familien verabschiedeten sich schon einmal in der Halle, da draußen am Taxistand, von wo aus sie in zwei verschiedenen Wagen nach Hause fahren würden, kaum Zeit dafür bliebe.

»Morgen treffen wir uns um zehn im Café, frühstücken gemeinsam, und dann ab ins Büro.« In dem Moment, in dem Stefan das sagte, war Sven plötzlich hellwach.

Er hatte etwas gesehen, was ihn zusammenfahren und die Müdigkeit augenblicklich vergessen ließ.

»Du, Peter«, unterbrach er kurzerhand die Verabschiedungszeremonie. »Sieh mal unauffällig da hinten zu dem Stützpfeiler.«

Peter, der merkte, wie aufgeregt Sven war, kam der Aufforderung sofort nach und sah einen dunkelhaarigen, großen und breitschultrigen Mann mit einem mächtigen Schnauzbart dahinter hervortreten. Er zog seinen Koffer hinter sich her und ging dem Taxistand entgegen.

»Sven, ich weiß ja, dass du dich sehr für unseren Fall interessierst, aber nicht jeder großge…«

»Der Mann ist nicht dunkelhaarig, er ist in Wahrheit blond! Ich habe es gesehen, als er niesen musste und ihm dabei die Perücke verrutschte. Als er die Hand hochriss, um sie festzuhalten, ist er am Schnauzer hängengeblieben, der auch falsch ist. Außerdem glaube ich, in ihm den Mann aus meiner Beobachtung …«

Mehr brauchte Sven nicht zu sagen. Peter ließ sein Handgepäck und die Jacke, die über seiner Schulter hing, einfach auf den Boden gleiten und sprintete los. Stefan brauchte eine gute Sekunde länger, dann nahm auch er die Verfolgung auf.

Als sie durch den Ausgang ins Freie traten, sahen sie gerade noch, wie der Mann gut zwanzig Meter von ihnen entfernt in ein Taxi stieg. Der Wagen fuhr an, noch bevor einer der beiden auch nur einen Schritt in die Richtung machen konnte.

»Scheibenkleister«, brummte Stefan. »Es wäre aber auch zu schön gewesen.«

»Werfe mal nicht gleich die Flinte ins Korn. Ganz ohne Hinweise sind wir glücklicherweise nicht.«

»So? Ich habe nur gesehen, dass es ein Opel Insignia war. Davon gibt es allein hier in der Taxischlange noch fünf Stück.«

»Das allein wäre bitter; das stimmt. Aber ich war auch einen Moment eher hier draußen. Deshalb habe ich gerade noch das Wort ›Taunus‹ aufschnappen können, als der Mann dem Taxifahrer Anweisung gegeben hat, wohin er fahren soll. Außerdem stand auf einem Schild am Heck des Wagens Taxi-Schlaufuss, Frankfurt. Morgen, gleich nach dem Frühstück, werde ich in der Zentrale des

Taxiunternehmens anrufen und nach einem Opel Insignia mit dem Kennzeichen F-MS und einer vierstelligen Nummer fragen.«

Am nächsten Tag saßen alle in dem großen Café beim Ärztezentrum und ließen es sich schmecken. Annika hatte schon den dritten Pott Kaffee vor sich stehen, und ganz langsam erwachten ihre Lebensgeister.

»Jetzt müssen wir erst mal wieder in den Alltag hineinfinden«, sagte sie.

»Das geht schneller, als dir lieb ist, dafür werden unsere Männer schon sorgen«, meinte Verena.

Während Annika zustimmend grinste, sagte Peter verdrießlich: »Wenn ihr meint! Also gut, bleibt das Büro heute noch verschlossen. So war's auch irgendwann mal geplant. Das Telefonat mit dem Taxiunternehmen können wir genauso gut von meinem Arbeitszimmer aus machen, Stefan. In der großen Couchgarnitur sitzen wir auch bequemer.«

Das war zwar auch nicht gerade das, was Annika sich zu hören wünschte, aber im Grunde war allen klar: Wenn Peter und Stefan sich erst einmal in einen Fall verbissen hatten, waren sie nicht mehr aufzuhalten.

»Taxi-Schlaufuss, Frankfurt-Bockenheim, guten Tag, wohin können wir Sie bringen?«, tönte es Peter eine Stunde später aus dem Hörer entgegen.

»Guten Tag, hier spricht Peter Stettner. Ich habe da mal eine Frage. War eine Ihrer Taxen – ein Opel Insignia mit dem Kennzeichen F-MS … und dann einer vierstelligen Nummer – in der vergangenen Nacht am Frankfurter Flughafen?«

»Warum wollen Sie das denn wissen?«

»Bekanntlich hat es letzte Nacht leicht genieselt, und Ihrem Fahrer ist ein Missgeschick geschehen. Er hat mich beim Ausparken nassgespritzt.«

»Oh, Entschuldigung, das tut mir leid, aber es wird schwierig werden, den Verantwortlichen dafür zu finden.«

»Wieso?«

»Ich habe sechzig Wagen, alle haben solche Kennzeichen und waren dank der zu Ende gehenden Herbstferien in der vergangenen Nacht früher oder später einmal am Flughafen.«

»Es geht um die Zeit zwischen Mitternacht und halb eins, wenn Ihnen das hilft.«

»Natürlich, da waren es nur …«, sagte der Mann hilfsbereit, um dann plötzlich hochzufahren: »Ein Opel Insignia, sagten Sie?«

»Ja.«

»Da muss ich Sie enttäuschen. Wir haben vor sechs Jahren begonnen, die Flotte auf Mercedes umzustellen, und seit zwei Jahren keinen einzigen Opel mehr.«

»Wirklich?«, sagte Peter überrascht und sah zu Stefan hinüber, der nur ratlos mit den Schultern zuckte. »Nun gut, vielleicht habe ich mich vertan, vielen Dank für Ihre Gesprächsbereitschaft. Auf Wiederhören.«

Nachdem Peter den Hörer aufgelegt hatte, sagte Stefan: »Na prima, da bleibt uns nur noch der Weg zu Claus.«

»Wieso? Es gibt auch noch Olli. Sich in die Zulassungsstelle einzuhacken ist für ihn kein Problem, wie du weißt.«

Noch bevor Stefan etwas antworten konnte, schwang die Tür auf, und Annika trat mit Verena zusammen ein. »Ach, ihr seid schon wieder voll eingestiegen«, sagte Annika enttäuscht. »Wir wollten doch heute gemeinsam unsere Urlaubsfilme anschauen.«

»Warum denn so hektisch? Eins nach dem anderen. Wer sagt denn, dass wir dafür keine Zeit mehr haben? Aber irgendwie wollen unsere Brötchen für den nächsten Urlaub schließlich auch verdient sein …«

»Ich sag schon nichts mehr«, stöhnte Annika, aber Verena meinte schnippisch: »Wenn ich mich recht entsinne, ermittelt ihr ohne Auftrag. Das mit den Brötchen …«

» … muss nicht unbedingt so bleiben. Schließlich ist es auch für Alex Stürmer oder seinen Vater von ganz besonderem Interesse, dass der wahre Mörder gefasst wird. Solange das nicht geschehen ist, wird immer noch ein Restverdacht an ihm haften bleiben. Ob das für die Firma so gut ist?«

Eben jener Alex Stürmer saß unterdessen im Wohnzimmer seines Bungalows und weinte bittere Tränen. Die Distanz und Gleichgültigkeit Ilona gegenüber, die er auf Rhodos verspürt hatte, waren wie weggeblasen. Seit er zurück in Lorsbach war, fuhren seine Gefühle mit ihm Achterbahn, und die Arbeit, die ihm immer so leichtgefallen war, widerte ihn an.

»Was ist denn mit dir los, mein Junge?«, fragte Martin Stürmer, als er seinen Sohn wie jeden Tag seit dessen Heimkehr am Nachmittag besuchte. »Ich kann absolut verstehen, dass dich das alles sehr mitnimmt. Aber ich habe schließlich auch Augen im Kopf und genau bemerkt, dass in eurer Ehe so einiges im Argen lag. Rede wenigstens jetzt mit mir. Du weißt, ich bin immer für dich da, wie es auch deine Mutter gewesen ist. Ein Jammer, dass sie so früh sterben musste.«

»Das stimmt, Papa. Ich denke noch sehr oft an Mutti, obwohl es jetzt schon fast fünfzehn Jahre her ist. Sie hat Ilona vom ersten Augenblick an misstraut, auch wenn sie sich nur wenige Monate kannten.«

»Das weiß ich noch sehr gut«, bestätigte Martin Stürmer. »Ilona hat es uns allen aber auch nie leicht gemacht, sie zu mögen.«

»Die Tage auf Rhodos sollten eine Art Versöhnungsurlaub werden, und was ist geschehen?«, sagte Alex betrübt.

»Liebst du sie denn immer noch, Junge?«

»Frag mich was Leichteres, ich weiß es nicht.«

»Alex, versöhnen wollte sich diese Frau nie. Warum sonst hätte sie ihren Freund mit auf diese Reise nehmen sollen?«

Nachdem Alex Stürmer seinem Vater erzählt hatte, dass der gesuchte Täter Ilona mutmaßlich gekannt hatte, zögerte dieser nicht, ihn »ihren Freund« zu nennen. Wie auch immer, was sollte Alex den Argumenten noch entgegensetzen? Im Grunde wusste er, dass sein Vater recht hatte. Schweigend starrte er zu Boden und gab sich stumm seinen verwirrten Gefühlen hin.

Martin Stürmer saß seinem Sohn ebenfalls wortlos gegenüber, und es zerriss ihm das Herz, ihn so leiden zu sehen.

Deshalb sagte er bedächtig, als das Schweigen nach einigen Minuten noch immer wie eine Dunstglocke im Raum hing: »Junge, ich kenne dich nur als rationalen und klugen Mann. So habe ich dich noch nie erlebt. Wenn du noch etwas Zeit brauchst, kann ich die Firma noch einige Wochen allein führen. Geh raus an die Luft, atme durch und beginne wieder dein Leben zu genießen. Das hat Ilona lange genug verhindert.«

Endlich schien der alte Mann zu seinem Sohn durchzudringen, denn erst wollte Alex Stürmer hochfahren, doch dann sagte er fast schon ruhig: »Du hast recht.«

Um die Stimmung seines Sohnes nicht in Resignation umschwingen zu lassen, fragte Martin Stürmer schnell:

»Wie kam es eigentlich, dass du dann doch so plötzlich freikamst?«

»Was genau passiert ist, weiß ich nicht. Aber in unserem Hotel machten zwei Kelkheimer Detektive Urlaub, und die haben da kräftig mitgemischt.«

»Kelkheimer Detektive, sagst du? Etwa die Taunus-Ermittler?«

»Du kennst sie?«

»Allerdings. Das sind absolute Hochkaräter. Wie die vor einem Jahr diese Sekte ausgehoben haben, das war schon …[4] Bist du über den Stand der Dinge eigentlich auf dem Laufenden?«

»Als ich abgereist bin, war der Täter noch auf freiem Fuß. Seitdem habe ich nichts mehr darüber gehört.«

»Dann solltest du dich einmal danach erkundigen, und falls es noch nötig ist, rate ich dir, die Detektive zu engagieren. Wenn einer etwas herausbekommt, dann die. Denn sollte der Mörder nie gefasst werden, wird bestimmt der ein oder andere sagen: Wer weiß, vielleicht war es doch der Ehemann. Das wirst du sonst nie mehr ganz los.«

Etwa zur gleichen Zeit wählte Peter die Nummer von Oliver Krause, dem ehemaligen Hacker und heutigen Internet-Ermittler. Der Mittdreißiger, der früher nur für seine Computer gelebt hatte und erst seriös geworden war, als er Mona, seine Frau, kennengelernt hatte, war den Detektiven bei schwierigen Recherchen im Internet schon öfters behilflich gewesen. Für die beiden begab er sich auch heute noch hin und wieder auf rechtlich zweifelhaftes Gebiet.

»Der wird doch nicht im Urlaub sein?«, vermutete Pe-

---

4   Vgl. Die-Taunus-Ermittler-Band 8 – Völlig willenlos.

ter, als nach dem zehnten Läuten noch immer niemand abnahm. Aber gerade als er auflegen wollte, ertönte es aus dem Hörer: »Internet-Recherchen Oliver Krause, was kann ich für Sie tun?«

»Hallo, Olli, ich bin's – Peter.«

»Na, auch wieder in deutschen Landen?«

»Leider, seit heute Nacht. Jetzt müssen wir wieder ran.«

»Mein Beileid. Danke für eure Karte! – Genug geplaudert, was kann ich für euch tun?«

»Ich brauche aus der Flugliste einer ganz bestimmten Maschine, nämlich der, mit der wir um Mitternacht aus Rhodos gekommen sind, die Adressen der Mitflieger.«

»Verstehe. Ihr jagt den Mörder von der Akropolis in Lindos.«

»Donnerwetter, woher weißt du denn das schon wieder?«

»Das Netz ist voll davon.«

Mit knappen Worten schilderte Peter nun, was vorgefallen war, und von seiner Vermutung, dass der Mörder unter falschem Namen zurückgereist war. Warum sonst hätte er sich verkleiden sollen? Außerdem erteilte er ihm auch noch den Auftrag, den Halter des Taxis zu ermitteln, das den Mann chauffiert hatte.

Wie immer nahm Olli den Auftrag in aller Gelassenheit entgegen, und nur wer ihn kannte, wusste, dass hinter dem Satz »Ich melde mich, sobald ich was habe« ein Versprechen stand, das er wörtlich meinte.

Am nächsten Morgen um halb sieben, Annika war sehr ungehalten über die frühe Störung, klingelte das Telefon an Peters Bett.

»Stettner«, meldete er sich verschlafen und fuhr im Bett

hoch, als er Ollis Stimme erkannte. »Du meldest dich aber auch immer früher.«

»Habe ich da was missverstanden?«, fragte Oliver Krause eingeschnappt. »Du hast es doch so dringend gemacht.«

»Ist schon in Ordnung, schieß los.«

»Hast schon alles als Mail bekommen. Ich wollte dich nur darauf hinweisen, weil du gemeint hast, dass die Zeit drängt.«

Peter bedankte sich und legte auf. Er hatte eigentlich vor, noch eine Stunde zu schlafen, aber seine Gedanken kreisten unentwegt um die Mail, die Olli ihm geschickt hatte. Nur fünf Minuten später sprang er aus dem Bett und stieg die Treppe zum Arbeitszimmer hinauf.

Er druckte die Mail aus, nahm die Blätter, ließ sich damit in seinem Lieblingssessel nieder und war begeistert. Olli hatte die Adressen bereits nach ihrer geografischen Lage sortiert. Da er wusste, dass es Peter ganz besonders auf den Taunus ankam, hatte er die Adressen in verschiedenen Anlagen an die Mail angehängt.

Die Seiten mit den Leuten aus Frankfurt, der Wetterau, dem Main-Kinzig-Kreis und dem hessischen Ried konnte Peter getrost erst einmal weglassen. Dadurch und weil es ein allein reisender Mann sein musste, blieben am Ende gerade noch fünf infrage kommende Personen übrig. Einer kam aus Eppstein, einer aus Niedernhausen, der Nächste wohnte in Schmitten und der vierte in Idstein.

Der fünfte schließlich war aus Taunusstein. Peter Stettner war klar, dass der Wortfetzen Taunus …, den der Wind ihm am Flughafen zugeweht hatte, durchaus der Anfang dieses Wortes gewesen sein konnte.

Außerdem hatte Olli sich, genau wie Peter es erbeten hatte, ins Computersystem der Zulassungsstelle gehackt und festgestellt, welche Autos die besagten Leute fuhren. Erstaunlicherweise waren auf die Namen der letzten drei Personen gar keine Autos angemeldet. Wenn Peter die Leute aus ihren Wohnungen locken wollte, konnte dieses Wissen von Vorteil sein. Auch den Halter des Taxis hatte er so ermittelt, aber ein Oliver Krause tat noch mehr – für Peter sowieso: Er hatte sich in das Computersystem der Einwohnermeldeämter gehackt und versucht, die Adressen, die den Fluggesellschaften vorlagen, mit den Dateien der Ämter abzugleichen. Das war ihm aber nur in einem Fall gelungen, da die übrigen Städte entweder noch mit herkömmlichen Karteien arbeiteten oder aber klug genug waren, ein zweites, internes System zu benutzen, das nicht mit dem Internet in Verbindung stand. Schließlich hatte er die Webseite des Taxifahrers aufgerufen und festgestellt, dass es ein Ein-Mann-Betrieb war. Leider war die Fahrt zum Flughafen vermutlich eine seiner letzten gewesen, denn nun war er selbst im Urlaub und vorerst nicht zu erreichen. Diese Spur fiel also erst einmal aus.

Peter überlegte, wie sie weiter vorgehen würden, und es wurde ihm schnell klar, dass sie Sven dazu brauchten. Schließlich war er der Einzige, der den Mann von vorn und ohne Maskierung gesehen hatte, wenn auch nur aus großer Entfernung.

Annika würde toben, wenn sie erfuhr, dass sie Sven mitnehmen wollten, um zu diesen Adressen zu fahren, aber es musste sein. Sie würden ihr eben garantieren müssen, dass er zu keiner Zeit in Gefahr geriet und sie diesen Mann, falls sie ihn denn überhaupt fänden, nicht selbst stellen würden, solange Sven dabei wäre.

Erst überlegte er, das Ganze allein mit dem Jungen sozusagen als vertrauensbildende Maßnahme durchzuziehen, ohne Annika und Stefan etwas davon zu sagen. Aber dann würde er mit beiden Krach bekommen, und das ging gar nicht. Zumal Peter, wenn er erst einmal mit Annika verheiratet wäre, den Jungen adoptieren wollte. Außerdem fiel ihm wieder ein, dass sein Wagen noch immer mit einem Totalschaden in der Garage stand. Auch wenn das neue Auto bereits bestellt war, er war derzeit ohne fahrbaren Untersatz. Zuerst musste er also Stefan anrufen und dann das Frühstück zubereiten, um gut Wetter zu machen.

Als sich Annika und Sven zwanzig Minuten später am gedeckten Frühstückstisch niederließen, unterbreitete Peter ihnen seinen Vorschlag, und Sven stimmte begeistert zu, während Annika rief: »O nein, Peter, das kommt gar nicht infrage!«

Peter redete mit Engelszungen auf sie ein, aber Annika meinte nur: »Bist du denn von allen guten Geistern verlassen? Ich lasse doch nicht zu, dass mein Sohn in Gefahr gerät.«

»Es ist mir klar, dass du davon nicht begeistert bist. Aber Sven ist der Einzige, der ihn mit einiger Sicherheit identifizieren kann, da er sein Gesicht gesehen hat. Außerdem ist nicht einmal gesagt, dass wir so überhaupt weiterkommen. Ich wäre schon froh, wenn wir zwei oder drei von ihnen definitiv ausschließen könnten. Außerdem verspreche ich dir, dass der Junge im Wagen bleibt, es zu keiner direkten Konfrontation kommen wird und wir den Mann nur identifizieren, aber keinesfalls stellen wollen.«

»Trotzdem, Peter ... ich weiß nicht. Wenn wenigstens die Polizei dabei wäre. Ruf bitte Claus an.«

»Das machen wir erst, wenn wir den Mann eindeutig identifizieren können. Wenn Claus die ganze Maschinerie in Gang setzt, und alles stellt sich als Irrtum heraus, wäre das nicht nur peinlich, sondern auch ungünstig für ihn. Du weißt, wie sehr Schuchheim immer tobt, wenn er auf Hinweise von uns reagiert. Auch wenn Claus partout nicht Kriminalrat werden will, möchte ich ganz bestimmt nicht derjenige sein, der es verhindert. Außerdem müssten wir am Ende die Quelle unseres Wissens preisgeben, und das kann ich Olli, der nur noch für uns auf Abwege gerät, nicht antun. Ich verspreche dir aber, ganz besonders vorsichtig zu sein und keinerlei Risiko einzugehen.«

»Komm bloß nicht auf die Idee, mit Sven allein loszuziehen. Ich habe zwar gesagt, dass ihr zwei ruhig mal etwas allein unternehmen sollt, aber so war das nicht gemeint.«

Peter grinste verlegen und sagte: »Geht schon deshalb nicht, weil wir Stefans Auto brauchen. Meins ist Schrott, und unser Bus eignet sich nicht so gut, weil er nicht rundum verglast ist.«

»Na, wenigstens etwas«, sagte Annika gerade, da läutete es an der Haustür, und Stefan stand davor.

Wenige Minuten später gab Stefan seinem Wagen die Sporen, während Peter ihn über Ollis Ermittlungsergebnisse in Kenntnis setzte. Er schloss mit den Worten: »Ich musste Annika hoch und heilig versprechen, dass wir uns im Hintergrund halten, um Sven nicht zu gefährden. Also Jungs, macht keine Sperenzien.«

Sven war begeistert, überhaupt dabei sein zu dürfen. Dennoch meinte er: »Mutti vergeht bestimmt jetzt schon vor Angst.« Stefan dagegen murrte: »Zurückhalten, im Hintergrund bleiben, ohne mich. Dass ich nicht lache.«

Er fuhr gerade auf der Steigung nach Fischbach, und als sie über die Kuppe in Richtung des Ortskerns hinunterfuhren, konnte Peter es sich nicht verkneifen zu sagen:

»Hoffentlich wollen nicht irgendwann deine Töchter mitmischen.«

»Das kommt überhaupt nicht infrage, ich setze sie keinerlei Gefahren aus.«

»Aber bei Sven ist das was anderes, wie?«

Das hatte gesessen. Stefan schwieg betroffen, und insgeheim gab er Peter recht, als die Ampel an der Zufahrt zur B455 umsprang und sie Eppstein entgegenbrausten.

Gerade von dieser Adresse versprach Peter sich sehr viel. Sie lag in unmittelbarer Nachbarschaft zu Lorsbach, einem Stadtteil der Kreisstadt Hofheim, wo Alex Stürmer mit seiner Frau gelebt hatte. Die Wahrscheinlichkeit, dass sie ihren Freund in der Nähe ihres Wohnortes kennengelernt hatte, war ziemlich hoch.

Der Mann, den sie als Erstes überprüfen wollten, lebte im malerischen Ortskern des Taunusstädtchens, der in einem Talkessel von recht hohen Bergen umgeben lag und über dem majestätisch die alte Burg thronte. Sie fuhren durch die schmale Zufahrtsstraße und über holpriges Kopfsteinpflaster in die Ortsmitte, wo sie auf einem kleinen Parkplatz bei der Kirche einparkten. Sie stellten sich so, dass sie vom Wagen aus den Eingang des Hauses gut im Auge hatten, in dem Bert Hagenolf wohnte.

Direkt neben ihnen stand ein dunkelblauer, noch fast neuer VW Golf, der vermutlich dem Mann gehörte. Nun musste der nur noch aus der Haustür treten, damit Sven ihn gut sehen konnte. Deshalb ging Stefan schnell hinüber und klingelte.

10.

Annika war unruhig wie selten zuvor, wenn sie daran dachte, dass Sven mit Peter und Stefan unterwegs war. Einerseits war sie sich sicher, dass Peter nichts tun würde, was ihren Sohn gefährden könnte – andererseits war es ihr unmöglich, die Gedanken an das, was alles passieren konnte, ganz auszublenden.

Was sollte sie tun? Sollte sie zur Sicherheit Claus Mergentheimer anrufen und ihn hinter ihnen herschicken? Dann wäre Peter stocksauer.

In ihrer Not rief sie Verena an, die versprach, auf einen Kaffee vorbeizukommen.

Keine zehn Minuten später war sie da. Während die beiden Frauen sich in die Couchgarnitur setzten und beratschlagten, spielten die Zwillinge am Esszimmertisch Mensch ärgere dich nicht.

Während Annika nach der Geiselnahme und Beinahe-Vergewaltigung durch Markus Mautz im vergangenen Jahr[5] noch immer nicht völlig zu sich zurückgefunden hatte, war Verena, die nicht ganz so sehr in Mitleidenschaft gezogen worden war, gestärkt daraus hervorgegangen.

Voller Mitgefühl sah sie ihre Freundin, die seitdem oftmals völlig entschlusslos war, an und sagte: »Selbstverständlich

---

5   Vgl. Die Taunus-Ermittler – Band 8 – Völlig willenlos.

unterrichten wir Claus. Er muss nicht unbedingt hinfahren, weiß aber schon einmal Bescheid, falls er gebraucht wird. Wenn wir ihm die Zusammenhänge erklären, bindet er Peter nicht auf die Nase, dass der Tipp von uns kommt.«

»Nein, Peter, der ist es nicht«, sagte Sven bedauernd, als Bert Hagenolf an der Haustür erschien und mit Stefan sprach.

Stefan hatte so getan, als wäre er ein Paketbote und hätte ein Paket für einen Nachbarn, dessen Namen aber auf keiner Klingel gefunden. Von Weitem sahen Peter und Sven, wie der Mann bedauernd die Schultern hob und wenige Sekunden später wieder im Haus verschwand.

»Na, Sven?«, fragte Stefan nur, als er zum Wagen zurückkam, und Sven antwortete genauso knapp: »Nee, der nicht.«

»Na gut … dann gleich zum Nächsten.«

Stefan startete den Motor und wunderte sich, warum der erst kurz stotterte, bevor er ruhig und gleichmäßig lief. Nur wenige Minuten später waren sie auf der Bundesstraße in Richtung Niedernhausen, und als sie nur noch hundert Meter von der Abzweigung nach Bremthal entfernt waren, blinkte plötzlich ein Lämpchen im Armaturenbrett auf. Stefan hatte den Satz »Verdammte Elektronik« noch nicht zu Ende gesprochen, da starb der Motor auch schon ab.

Er schaltete die Warnblinkanlage ein, ließ den Wagen an den Straßenrand rollen und versuchte zu starten. Nichts ging.

»Soll ich mal nachsehen?«, fragte Peter, und Sven murrte: »Was hätte ich alles mit diesem Ferientag anfangen können.«

»Nein, das ist, wie gesagt, bestimmt wieder die leidige Elektronik, da können wir ohnehin nichts ausrichten. Ich telefoniere besser mit dem ADAC«, sagte Stefan. Gerade in dem Moment sah er einen ihnen gut bekannten Wagen aus der Ortsmitte von Bremthal kommen und an der Einmündung zur Bundesstraße anhalten.

So schnell wie selten sprang er aus dem Auto und winkte mit beiden Armen, bis der Fahrer des anderen Wagens ihn entdeckt hatte, zu ihnen hinfuhr und ausstieg.

»Claus, wo kommst du denn her?«, fragte nun Peter, bevor Stefan es tun konnte.

»Ich hatte einen Zahnarzttermin«, antwortete Claus Mergentheimer wahrheitsgemäß, verschwieg aber klugerweise, dass er Verenas und Annikas Anruf als willkommenen Anlass genommen hatte, den Termin sausen zu lassen.

Stattdessen hatte er sich auf die Suche nach den dreien begeben, da er die Bedenken der beiden Frauen teilte.

»In Bremthal?«

»Ich gebe es zu, ich schiebe bereits Panik, wenn ich das Wort Zahnarzt nur höre. Hier in Bremthal gibt es eine Zahnärztin, die es schafft, mir wenigstens einen Teil … ach, lassen wir das. Eigentlich müsste ich sofort zurück nach Hofheim, Schuchheim erwartet mich, aber ich schleppe euch erst mal nach Kelkheim ab.«

»Was ist passiert?«, fragten Annika und Verena fast gleichzeitig, als Peter, Stefan und Sven nur dreißig Minuten später vor der Haustür standen. »Ein Unfall?«

Stefan schüttelte den Kopf und berichtete kurz, was geschehen war. Der Wagen sei bereits in der Werkstatt. Auf der Fahrt hierher habe sie ihr Retter in der Not Claus ausgequetscht, ohne dass sie viel dagegen hätten tun können. »Er will jetzt mitmischen, deshalb kommt er nach Dienstschluss hier vorbei«, seufzte er.

»Ein Segen!«, rutschte es Annika heraus. »Mit Claus als

Rückhalt ist mir wohler dabei. Entschuldige bitte, dass ich dich heute Morgen so angeblafft habe, aber die Sicherheit von Sven …«

»Ist schon gut. Nur …«

»Ihr könnt meinen Wagen haben, aber meine Bedingung dafür ist, dass Claus dabei ist.«

»Okay, wir werden sehen.«

Keine zwei Stunden saßen sie mit Claus im Wohnzimmer, und schon bald drehte sich das Gespräch um den Mord an der Akropolis von Lindos.

Peter schloss seinen Bericht mit dem Satz: »So, jetzt weißt du, warum Sven dabei sein muss und warum wir die Personen auf dieser Namensliste überprüfen müssen.«

»Wie kamt ihr denn an diese Liste?«

»Das willst du gar nicht wissen.«

»Okay, dann weiß ich schon genug. Ich würde gerne mit euch kommen, aber das lässt Schuchheim nicht mehr zu.«

»Nicht?«, fragte Annika enttäuscht, die gerade zur Tür hereinkam.

»Nein. Aber ich habe mein privates Handy auch am Arbeitsplatz an, darüber könnt ihr mich rund um die Uhr erreichen. Ach ja – bevor ich es vergesse: Ich habe mit Kommissar Cleonitidis telefoniert und soll euch von ihm grüßen. Ihr scheint einen bleibenden Eindruck bei ihm hinterlassen zu haben.«

Am Samstagmorgen gegen zehn fuhren Peter, Stefan und Sven in Annikas Wagen nach Niedernhausen. Unter der Adresse in der Wiesbadener Straße fanden sie einen großen

Wohnblock, und der Name Harald Wohlich tauchte auf keinem Klingelschild auf.

»Geh mal in die Tiefgarage und sieh nach, ob wir hier überhaupt richtig sind«, bat Peter, und als Stefan fünf Minuten später zurückkam, sagte er enttäuscht: »Sein Wagen ist nicht da. Er wird wohl nicht zu Hause sein.«

»Doch, Stefan!«, rief Sven plötzlich aufgeregt vom Rücksitz her. »Er ist da. Seht mal in die Seitenstraße da vorn. Dort steht ein BMW M5, und die Nummer scheint, so viel ich von hier erkennen kann, auch zu stimmen.«

»Prima«, freute sich Peter, nachdem er sich überzeugt hatte, dass Sven recht hatte, und Stefan rief die Auskunft an, wo er auch tatsächlich die Handynummer Wohlichs erhielt.

Kurz darauf wählte er die Nummer dieses Herrn, und wer Stefan nicht kannte, hätte ihm sofort abgenommen, dass er soeben den Wagen Wohlichs gerammt hatte.

Es dauerte auch keine fünf Minuten, da kam ein sichtlich erregter kleiner und recht schmächtiger Herr Ende fünfzig aus dem Haus gerannt und spurtete zu seinem BMW. Sven musste nicht einmal sagen, dass dies nicht der Gesuchte sein konnte.

»Na, ob das noch was wird?«, stichelte er, und Peter meinte: »Nicht aufgeben, das war erst die zweite Adresse.«

»Wo soll ich jetzt hinfahren?«, fragte Stefan, der Peter am Steuer abgelöst hatte, und Peter erklärte ihm, wie er nach Taunusstein in den Ortsteil Wehen und dort in die Platter Straße kam.

Sie hatten gerade erst am Straßenrand vor der dritten Adresse auf ihrer Liste eingeparkt, da kam aus der Gegenrichtung ein Wagen langsam die Straße heruntergefahren, der sofort die volle Aufmerksamkeit der drei auf sich zog.

Es war ein dunkelblaues Ford-Thunderbird-Cabrio mit weißem Verdeck. Zuerst sagte Sven, der für solche alten Amischlitten schwärmte, ehrfurchtsvoll: »Mensch, der sieht spitze aus.« Aber als der Wagen auf der gegenüberliegenden Straßenseite eingeparkt hatte und der Fahrer ausstieg, lief es Sven eiskalt den Rücken hinunter. »Das ... das ist der Mann. Ich, äh, bin mir ganz sicher.«

»Wirklich?«

»Absolut.«

Plötzlich stutzten die drei, denn der Mann ging nicht etwa auf das Haus zu, in dem er laut ihrer Liste wohnte, sondern einige Meter die Straße hinunter, um dann auf die andere Straßenseite zu wechseln und dort in einem kleineren Mehrfamilienhaus zu verschwinden.

»Dann haben wir unseren Mann doch noch gefunden!«, rief Peter triumphierend. »Auch wenn er unter falschem Namen gereist sein muss, wie wir es schon vermutet hatten. Glücklicherweise hat er in seinen falschen Papieren nur die Hausnummer seiner Adresse geändert. Ob aus Bequemlichkeit oder weil er das für besonders raffiniert hielt, kann uns egal sein. Jedenfalls hatte Olli wieder mal den richtigen Riecher, als er auf Taunusstein tippte. Er könnte glatt für mich weitermachen und ich setze mich zur Ruhe.«

»Untersteh dich«, sagte Stefan lachend, ohne einschätzen zu können, wie ernst Peter das wohl meinen mochte, »ohne dich macht es nicht halb so viel Spaß. Aber im Ernst, wie geht es jetzt weiter? Stellen wir ihn?«

»Nein, auf keinen Fall. Wir müssen herausbekommen, ob er wirklich hier wohnt, bevor wir Claus auf ihn ansetzen.«

»Schon klar. Sehen wir erst mal nach, welche Namen noch dabeistehen.«

Er hatte kaum ausgesprochen, da war Stefan bereits ausgestiegen und zu dem Drei-Familien-Haus gegangen, in dem der Mann verschwunden war. Ein Blick auf die Klingelschilder sagte ihm, dass er fragen musste, um mehr zu erfahren. Unten stand der Name Olga Schmitz, das war vermutlich eine ältere Dame. Die Wohnung unter dem Dach wurde von einer Renate Berger bewohnt, und der Bewohner des ersten Stocks hatte offenbar einen skurrilen Humor, denn auf dem Klingelschild stand nur ein großes Fragezeichen.

Stefan sah am Haus hinauf und bemerkte, dass oben trotz der frühen Stunde alle Rollläden im zweiten Stock geschlossen waren. Deshalb klingelte er unten. Fast augenblicklich öffnete sich ein Fenster zur Straße hin, und eine rundliche Frau um die siebzig schaute heraus.

»Ja, bitte?«, fragte sie.

»Steht die Wohnung im zweiten Stock leer, und ist sie vielleicht zu vermieten?«, fragte Stefan.

»Nein, eigentlich wohnt dort die Hausbesitzerin. Aber sie liegt nach einem Herzinfarkt in der Klinik. Deshalb sieht es so unbewohnt aus. Sie ist aber schon wieder auf dem Weg der Besserung. Deshalb gehen ihr Neffe, der im ersten Stock wohnt, und ich davon aus, dass sie nach Klinik und Reha wieder dort wohnen wird. Mit fünfundfünfzig ist sie definitiv noch zu jung fürs Altenheim. Aber fragen Sie Ihren Neffen danach, er kann Ihnen Genaueres sagen.«

»Der wohnt im ersten Stock, sagten Sie? Und wissen Sie zufällig, ob er da ist?«

Die ältere Frau beugte sich weit aus dem Fenster und sagte: »Ja, Carsten Röber ist da. Da vorn, das schöne blaue Auto mit dem weißen Stoffdach, das ist seines, und das hat vor zehn Minuten noch nicht dagestanden.«

Stefan bedankte sich, und als die Frau ihr Fenster wieder geschlossen hatte, ging er zum Auto zurück.

»Halt dich fest, Peter, er heißt Carsten Röber, und das blaue Cabrio ist sein Wagen.«

Peter riss die Augen weit auf. »Carsten Röber sagst du? Das passt zu den Namen, die die Frau von der Rezeption genannt hat. Außerdem gehört ihm der Wagen, aus dem wir ihn haben steigen sehen, als Sven ihn identifiziert hat. Gut gemacht! Jetzt können wir Claus anrufen und ihm den Rest überlassen.«

»Bleiben wir dabei?«, fragte Sven.

»Nein, sobald Claus hier ist, rauschen wir ab.«

»Schade.«

»Deine Mutter würde mir, und das nicht zu Unrecht, den Kopf abreißen.«

Schweren Herzens gab Sven nach, obwohl er immer noch nicht einsah, dass Peter recht hatte, und ließ ihn in Ruhe telefonieren.

Claus versprach, mit einer Kollegin zusammen sofort aufzubrechen und die Wiesbadener Kollegen, in deren Zuständigkeitsbereich Taunusstein lag, erst von unterwegs zu informieren, um möglichst noch vor ihnen da zu sein. Auch wenn mit Jörg Stuhlbein jetzt ein guter Freund von Claus und Peter im Wiesbadener Dezernat Tötungsdelikte arbeitete, musste man denen nicht die ganzen Lorbeeren allein überlassen.

Kaum hatte Peter das Telefongespräch beendet, sagte er zu Stefan: »Fahr in die nächste Seitenstraße, ich habe mit Claus ausgemacht, dass wir uns dort treffen und ihn instruieren. Dann hauen wir ab.«

Claus traf mit seiner Kollegin eine knappe halbe Stunde später und tatsächlich noch vor Jörg Stuhlbein und seinen Kollegen ein.

»Das ist Daniela Wagner«, stellte er die junge Frau vor.

»Sie verstärkt seit einem Vierteljahr unser Team. – Daniela, darf ich dir die Taunus-Ermittler vorstellen?«

»Ach, Sie sind das, ich habe schon viel von Ihnen gehört«, sagte die junge Beamtin, und in ihrer Stimme schwang unüberhörbar Bewunderung mit.

»Ja«, sagte Stefan einsilbig und wie immer etwas verlegen, wenn jemand ihn auf ihre Erfolge als Detektive ansprach, bevor er sachlich hinzufügte: »Der Mann wohnt im ersten Stock und ist noch anwesend. Wir haben das Haus im Auge behalten, und er ist bislang noch nicht herausgekommen.«

Carsten Röber tigerte ruhelos durch seine Dreizimmerwohnung, die er sich nur dank der Großzügigkeit seiner Tante überhaupt leisten konnte. Auch wenn er für einen Kredithai arbeitete, so doch nur als ein schlecht bezahlter Handlanger. Schon sein Wagen stellte ihn manchmal vor ernsthafte finanzielle Probleme, und nur so konnte er es sich erklären, warum er sich überhaupt auf Ilona Stürmers Schnapsidee eingelassen hatte.

Der Gedanke, doch noch erwischt zu werden, nahm immer mehr Platz in seinem Kopf ein, und er dachte mit Grausen an die Kontrollen auf dem Flughafen in Rhodos zurück, wo er schon geglaubt hatte, dass sein falscher Pass und seine Verkleidung jedem auffallen müssten. Dann der Schreck auf dem Flughafen in Frankfurt, wo ihm, als er niesen musste, beinahe das Toupet vom Kopf gerutscht wäre.

Beim Gedanken, dass die Bullen auch nicht von gestern waren und vielleicht noch dahinterkamen, wer er wirklich war, wurde es ihm gar nicht besser. Schließlich hatte er schon einmal im Gefängnis gesessen und wusste, wie es dort zuging.

»Nein, da geh ich nie wieder rein«, sagte er laut in die Wohnung hinein, und ihm wurde in dem Augenblick klar, dass er sich im Notfall den Weg freischießen würde.

Hätte ich mich nur nie auf die verdammte Schlampe eingelassen, ging es ihm durch den Kopf, und schon im gleichen Moment bereute er, so etwas überhaupt gedacht zu haben. Die Frau hatte ihn sogar jetzt, da sie längst tot war, voll im Griff.

Wo ist nur meine Waffe?, war sein nächster Gedanke, denn seit er für Carlo Beltrini, den Kredithai, arbeitete, hatte er sie nicht mehr gebraucht. Sein Chef war ein kluger und vor allem vorsichtiger Mann, der Wert darauf legte, dass Carsten, wenn er für ihn unterwegs war, im Ernstfall allerhöchstens die Fäuste sprechen ließ. Aber meist war nicht einmal das nötig, denn das martialische Auftreten, das sein Chef von ihm forderte, führte oft automatisch dazu, dass die säumigen Schuldner freiwillig zahlten.

»Sobald eine Waffe im Spiel ist, gucken die Bullen viel genauer hin«, so lautete einer seiner Lieblingssprüche.

Gerade war Carsten eingefallen, dass seine Pistole auf dem Dachboden gut eingeölt und in Lappen gewickelt in einer Mauernische beim Kamin lag, da rief wie nach einer Gedankenübertragung sein Chef an und gab ihm eine Adresse, wo er hinfahren und Druck machen sollte.

Nur gut, dass die alte Frau von unten nicht auf den Speicher konnte und seine Tante sich vor den Spinnen dort oben grauste. So hatte die Waffe dort drei Jahre unentdeckt schlummern können.

Carlo muss nichts davon wissen, dass ich ab sofort nur noch bewaffnet unterwegs bin, dachte Carsten, während er über die schmale Leiter durch die Luke auf den Dachboden stieg. Als er mitsamt der Pistole wieder in seiner Wohnung ankam, war ihm schon wohler ums Herz. Er sah nach, ob sie noch funktionstüchtig war, und da er mit dem Ergebnis zufrieden war, lud er sie gleich.

Er wollte, bevor er fuhr, noch einen Schluck Wasser trinken und ging in die Küche. Da fiel sein Blick durch Zufall durch das Küchenfenster in die Seitenstraße. Augenblicklich fielen ihm die drei Wagen auf, die da wie zufällig hintereinander am Straßenrand standen. Als er dann auch noch den etwas fülligen Mann erkannte, der ihm schon öfters im Hotel auf Rhodos begegnet war und von dem er gehört hatte, dass er Privatdetektiv sei, stieg erneut Panik in ihm hoch.

Nichts wie weg hier, das war alles, was er noch denken konnte.

Unterdessen war auch Jörg Stuhlbein zusammen mit einem uniformierten Beamten angekommen. Die beiden entstiegen dem zivilen Dienstfahrzeug der Wiesbadener Kripo und begrüßten die Hofheimer Kollegen sowie die Detektive.

Zu den beiden sagte Jörg aber auch gleich: »Seid mir nicht böse, aber für euch ist hier Feierabend. Wenn wir reingehen, seid ihr fort. Ich verspreche, dass ich euch bei der anschließenden Pressekonferenz erwähnen werde.«

»Okay«, sagte Peter scheinbar einsichtig, um dann hinzuzufügen: »Ob es gut war, dass du einen uniformierten Kollegen mitgenommen hast? Auch mit ziviler Jacke drüber ist er an den Schuhen und der Uniformhose für jeden, der sich nur ein bisschen auskennt, sofort als Polizist zu erkennen.«

»Du meinst, es gibt Komplikationen?«

»Muss nicht, aber wenn, dann wird ihm der Schutzpolizist als der günstigste Angriffspunkt vorkommen, fürchte ich.«

»Tja, wem sagst du das. Genauso habe ich meinem Chef gegenüber argumentiert, und weißt du, was er gesagt hat? – Wir haben im Moment zu wenig Leute. Was soll schon passieren? Nimm Nittmann von der Bereitschaft mit.«

»Habt ihr denn diesen Carsten Röber überprüft? Wisst ihr, mit wem ihr es da zu tun habt?«

»Schön wär's … uns fehlen im Moment so viele Leute.«

»Den Satz kenn ich von euch zur Genüge.«

Wenige Minuten später standen die vier Beamten vor Carsten Röbers Wohnungstür, und während Jörg Stuhlbein klingelte, hielten sich Daniela Wagner und Claus Mergentheimer im Hintergrund. Niko Nittmann, der Bereitschaftspolizist, stand etwas schräg versetzt hinter Jörg Stuhlbein. Carsten Röber öffnete, und noch bevor der Wiesbadener Kriminalist sagen konnte, dass er einige Fragen hätte, riss Röber die Pistole hoch und feuerte.

Innerhalb von Bruchteilen einer Sekunde erkannte Claus, dass Röber zu allem entschlossen war und so hoch zielte, dass er Niko Nittmann oberhalb der Schutzweste treffen würde. Ohne lange nachzudenken, warf er sich dazwischen und riss den jungen Bereitschaftspolizisten von den Füßen, sodass die ersten beiden Schüsse ins Leere gingen, bevor Röber die Waffe senkte und einen weiteren Schuss auf Claus abgab.

Fast im gleichen Augenblick knallten zwei Schüsse aus Jörgs Waffe durch das Haus, dann flog die Tür zu Carsten Röbers Wohnung ins Schloss. Man hörte ihn laut »Verdammte Scheiße!« brüllen, dann war es still.

Die anderen Beamten sahen, dass Claus Mergentheimer am Arm blutete. Während Niko Nittmann noch ganz schockiert war von der Erkenntnis, dass die Schüsse für ihn wahrscheinlich tödlich gewesen wären, bewahrte Daniela Wagner die Ruhe und sah sich erst einmal die recht stark blutende Wunde ihres Chefs an. Jörg Stuhlbein versuchte unterdessen in die Wohnung zu kommen, sah aber bald ein, dass dies dank guter Sicherung der Tür nicht ohne Weiteres gelingen würde.

11.

Dank der Quengelei von Sven, der partout nicht das Feld räumen wollte, dauerte es eine ganze Weile, bis sie den Jungen zum Nachgeben gebracht hatten. Gerade als Stefan den Wagen startete, hörten sie die Schüsse.

Stefan, der sich das Haus am Morgen genau angesehen hatte, sagte: »Hinten gibt's Balkone«, und sprang aus dem Wagen.

Peter folgte ihm und sagte beim Aussteigen zu Sven so scharf: »Sitzenbleiben«, dass diesem jede Widerrede im Hals stecken blieb.

Die beiden rannten zum Gartenzaun und sahen, dass Stefan den richtigen Riecher gehabt hatte. Carsten Röber war gerade dabei, sich über den Balkon abzuseilen. Kurz entschlossen sprangen sie über den niedrigen Maschendrahtzaun, liefen ihm entgegen und nahmen den jungen Mann, der sich gerade absetzen wollte, in die Zange. Röber drehte sich von einem zum andern, und noch bevor er sich entschieden hatte, auf wen er zuerst schießen wollte, war seine Flucht zu Ende. Erst hatte Stefan ihm mit einem gut gezielten Tritt aus der asiatischen Trickkiste die Waffe aus der Hand getreten, dann hatte Peter ihn mit einem Faustschlag direkt unters Kinn endgültig außer Gefecht gesetzt.

Kurz darauf kam Jörg Stuhlbein zu ihnen und legte Carsten Röber Handschellen an.

»Ich habe euch doch gesagt … Ach, egal, danke. Gute Arbeit.«

»Was ist passiert?«, fragte Peter. »Bei euch wurde geschossen! Wurde jemand verletzt?«

»Claus. Als er meinem jungen Kollegen das Leben gerettet hat.«

»O Scheiße, nicht schon wieder. Schwer?«

»Zum Glück nicht. Ein Streifschuss am Arm.«

»Gott sei Dank … aber seine Frau wird wahnsinnig werden.«

In dem Augenblick kam der Krankenwagen, der eigentlich für Claus gedacht war, an, und erst jetzt bemerkten sie, dass auch Röber aus einer Wunde an der Seite blutete und vor Schmerzen wimmernd auf dem Rasen saß.

Peter und Jörg halfen dem Ganoven hoch, und kurz nachdem Jörg ihn zum Krankenwagen geführt hatte, kam Claus von dort zu ihnen. Er hatte seinen Arm dick bandagiert.

»Du machst vielleicht Sachen«, sagte Peter, und Stefan fragte: »Wie geht es dir?«

»Mir geht es schon wieder gut. Aber Steffi wird in den nächsten Wochen wieder die Hölle durchleiden. Ich trau mich fast gar nicht heim. Wenn ich nicht so jung wäre, würde ich glatt einen Antrag auf Frühpensionierung stellen und Detektiv werden.«

»Mach das und steig bei uns mit ein«, rief Peter, um seinen Freund etwas aufzumuntern. Er ahnte nicht, wie ernst es Claus in diesem Moment damit war.

Auf dem Heimweg schwor Peter seinen Beinahe-Stiefsohn darauf ein, nichts von den Ereignissen des Nachmittags verlauten zu lassen.

Leider ließ sich der Vorsatz nicht lange aufrechterhalten,

denn schon kurz nach dem Abendessen, sie saßen noch am Esstisch, hielt Sven es nicht mehr aus, und er fragte: »Wird Claus wieder ganz gesund werden?«

Noch bevor Peter reagieren und die Situation entschärfen konnte, ließ sich Annika, die gerade aufstehen wollte, auf ihren Stuhl zurücksinken, sah Peter und Sven misstrauisch an, dann fuhr sie ihren Sohn an: »Wie war das eben? Was hast du heute Nachmittag erlebt?«

»Nichts, Mutti.«

»Lüg mich nicht an, ich will das jetzt wissen.«

Erst druckste Sven noch etwas herum, dann stammelte er: »Entschuldige, Peter, das habe ich versaut.« Und zu seiner Mutter sagte er: »Wir waren bei der Verhaftung dabei, und Claus hat etwas abbekommen.«

Ein paar Sekunden blieb Annika der Mund offenstehen, dann brüllte sie los: »Peter, verdammt noch mal! Wir waren uns doch einig darüber, dass du Sven von jeder Gefahr fernhältst! Was du getan hast, ist ein glatter Vertrauensbruch, den ich so auf keinen Fall hinnehmen kann.«

»Aber …«

»Nichts aber. So wie bisher kann es jedenfalls nicht weitergehen«, sagte sie nun verdächtig ruhig, und das große Finale folgte prompt: »Unter diesen Umständen muss ich mir ernsthaft überlegen, wie, oder besser, ob ich weiterhin mit dir zusammenleben kann.«

»Was soll das heißen?«, rief Peter erschrocken aus. »Willst du dich von mir trennen?«

»Das kann ich im Augenblick noch nicht sagen. Ich muss alles in Ruhe durchdenken und überlegen, ob das hier noch Sinn macht, wenn Sven immer wieder durch dich in Gefahr gerät. Ich werde dazu diese Nacht im Gästezimmer verbringen. Morgen früh …«

»Aber Mutti«, unterbrach Sven sie, den Tränen nahe. »Das war doch ganz anders. Ich war …«

»Lass gut sein, Sven«, unterbrach ihn Annika. »Was auch immer du gesagt oder getan hast, interessiert mich in dem Fall überhaupt nicht. Peter hatte die Verantwortung und hätte wissen müssen, was er tut.«

Auch in Hofheim bei Mergentheimers hing der Haussegen gewaltig schief, kaum dass der Kommissar die Haustür aufgeschlossen und den Mantel an die Flurgarderobe gehängt hatte.

Steffi sah nur den dicken Verband an Arm und erfasste sofort die Situation.

»Was ist denn jetzt schon wieder geschehen? Kann man dich nicht einmal mehr zur Arbeit gehen lassen, ohne dass du verletzt zurückkommst? Mit wem hast du jetzt schon wieder im Clinch gelegen?«

»Steffi, Schatz, ich kann deinen Zorn verstehen, aber darf ich vielleicht auch mal was dazu sagen?«

»Ich bitte darum!«

Kurz und präzise berichtete Claus, was sich am Nachmittag zugetragen hatte, und schloss mit den Worten: »Immerhin haben wir den Kerl gestellt, er liegt jetzt im Krankenhaus. Ich habe da mehr Glück gehabt, die kleine Streifwunde ist bald ausgeheilt. Der Verband lässt es viel schlimmer aussehen, als es ist. Du kannst dich also wieder abregen.«

»Abregen? Dass ich nicht lache … wenn es nicht zum Heulen wäre. Es ist nicht nur, dass du immer wieder den Helden spielen musst, das könnte man zur Not noch bewundern. Nein, du begibst dich ständig unnötig in Gefahr. Kannst du denn nicht einfach mal Schuchheims Anweisung befolgen und dich auf seine Nachfolge vorbereiten?

Nein, stattdessen musst du immer wieder raus und auf der Straße mitmischen. Du bist derart scharf darauf, dich in die Schusslinie zu begeben, dass du selbst außerhalb deines Zuständigkeitsbereiches aktiv wirst. Wäre es so schlimm für dich gewesen, Jörg einzuweisen und nicht immer alles selbst zu machen? Wenn du es so nicht begreifen willst, werde ich wohl stärkere Geschütze auffahren müssen.«

»Wie meinst du das?«, fragte Claus und wurde blass.

»Du hast mich ganz richtig verstanden. Ich nehme unsere Tochter und ziehe erst mal zu meiner Mutter. Dann sehen wir weiter.«

»Das kannst du mir nicht antun!«, schrie Claus auf. »Ich liebe dich doch.«

»Meinst du vielleicht, ich dich nicht? Das ist es gerade, was mir die Sache so verdammt schwermacht.«

»Scheiße, Peter, das hab ich gründlich vergeigt«, sagte Sven niedergeschlagen, nachdem seine Mutter aus dem Esszimmer gerauscht war.

»Nein, nicht du, sondern ich«, sagte Peter, so ruhig er konnte, und hoffte, dass Sven nicht merkte, wie hundeelend ihm selbst war. »Glaub mir, das bringen wir schon wieder hin. Morgen früh sieht alles besser aus.«

»Das glaub ich nicht. Mutti kann sehr nachtragend sein, und so wütend habe ich sie noch nie gesehen. Ich gehe jetzt auf mein Zimmer.«

Svens letzte Worte kamen so erbarmungswürdig kläglich rüber, dass Peter, als er die Tränen in den Augen des Jungen bemerkte, selbst fast heulen musste. Er ließ sich auf seinen Stuhl am Esstisch kraftlos niedersinken und versank in dumpfes Brüten. Durch seinen Kopf geisterten tausend Fragen, auf die er keine Antwort wusste.

Wie hatte es nur so weit kommen können?, dachte er. War er vielleicht zu nachgiebig mit Sven gewesen? Aber der leibliche Vater des Jungen war zu streng gewesen, und Peter wollte bei ihm nicht den Eindruck erwecken, er schlüpfe in dessen Rolle. Machte er am Ende vielleicht doch alles falsch? Was konnte er nur tun, dass Annika sich nicht von ihm trennte? Und wenn doch, wie sollte er es schaffen, ohne sie zu leben? Und ohne Sven, den er inzwischen liebte wie einen eigenen Sohn? Nur eines war Peter klar: Er machte dem Jungen keine Vorwürfe, weil er damit herausgeplatzt war. Eine Lüge hätte alles nur noch schlimmer gemacht.

Wie lange er so gesessen und gegrübelt hatte, wusste er nicht, aber es war schon spät am Abend, als er aufstand, in den Keller ging, mit einer Kiste Bier zurückkam und sich ins Wohnzimmer setzte. Hier ließ er sich in seinen Lieblingssessel fallen und trank die erste Flasche mit zwei, drei großen Schlucken leer. Dann öffnete er die nächste und trank weiter.

Das hatte er schon einige Jahre lang nicht mehr getan. Genau genommen seit der Zeit, als er angefangen hatte, das plötzliche Verschwinden seiner Frau Michaela zu verarbeiten.[6]

Aber auch Annika war so aufgewühlt wie schon lange nicht mehr. Nachdem sie sich im Gästezimmer verbarrikadiert hatte, dachte sie lange über das Geschehene nach. Ihre Armbanduhr zeigte inzwischen zweiundzwanzig Uhr an, und sie fragte sich, ob es nicht schon zu spät war, Verena anzurufen. Aber sie brauchte den Trost und den Zuspruch ihrer inzwischen besten Freundin, um wieder halbwegs klar denken zu können.

---

6 Vgl. Die Taunus-Ermittler – Band 1 bis 3.

Da auch Verena inzwischen wusste, was am Nachmittag alles geschehen war, hatte sie den Anruf ihrer Freundin vermutlich erwartet. Jedenfalls war sie schon beim zweiten Klingeln am Apparat.

Sie hörte sich in aller Ruhe an, was Annika zu sagen hatte. Dann sagte sie: »Versetz dich doch mal in die Situation vom Nachmittag. Ich kenne Sven jetzt auch schon eine ganze Weile, und wenn man den Jungen mit seiner sanften weichen Art sieht, glaubt man gar nicht, wie hartnäckig er sein kann, wenn er etwas durchsetzen will. Dann nimm Peters Situation. Er ist nicht sein Vater und möchte es sich verständlicherweise verkneifen, sich vor dem Jungen als solcher aufzuspielen, um ihn nicht zu verprellen. Übrigens, auch Stefan macht sich Vorwürfe, dass sie nicht einfach losgefahren sind, als es noch Zeit dafür war. Nur weil Sven andauernd gequengelt hat, ›lass uns noch eine Minute bleiben‹, und dann noch eine und so weiter, standen sie noch dort, als der Ganove hinten raus türmen wollte. Das soll um Gottes Willen kein Freibrief sein und auch keine Entschuldigung für Peters und Stefans Verhalten, sie hätten einfach anders reagieren müssen. Dennoch solltest du nichts übers Knie brechen. Ihr müsst euch einfach noch einmal zusammensetzen und über alles reden.«

»Danke, dass du Zeit für mich hattest. Es hat gutgetan, mit dir zu reden«, sagte Annika, dann verabschiedete sie sich und legte auf.

So sehr sich Annika im Klaren darüber war, dass Verenas Argumente nicht von der Hand zu weisen waren, wusste sie trotzdem nicht, wie es weitergehen sollte. Sie legte sich ins Bett und versuchte zu schlafen, aber es war ihr unmöglich. Erst als sie vor Erschöpfung die Augen nicht mehr offenhalten konnte, fiel sie in einen unruhigen, von düsteren Träumen geplagten Schlaf.

Irgendwann in den frühen Morgenstunden hörte Peter vom Wohnzimmer aus, wie Sven im ersten Stock an die Tür zum Gästezimmer klopfte und dass Annika ihm fast augenblicklich öffnete. Das konnte nur bedeuten, dass auch sie kaum geschlafen hatte.

Wenn sie nur den Kontakt zu mir nicht ganz abbricht, dachte er, schlich ins Treppenhaus hinaus und spitzte die Ohren, um dank seines außergewöhnlich guten Gehörs vielleicht einige Bruchstücke ihres Gesprächs erhaschen zu können.

Dabei kam ihm der Umstand zugute, dass sie nicht damit rechneten, einen Zuhörer zu haben und so die Tür zum Gästezimmer offenblieb.

»Mutti, liebst du Peter denn gar nicht mehr, weil du fortgehen willst?«

»Doch, sogar sehr«, gestand Annika, und man hörte, wie sie mit den Tränen kämpfte. »Das macht die Situation so schwer. Aber du bist und bleibst für mich das Allerwichtigste.«

»Gerade jetzt, wo ich mich hier so richtig gut eingelebt und Freunde gefunden habe.«

»Wir müssen nicht aus Kelkheim wegziehen, mir gefällt es hier auch sehr gut.«

»Warum willst du dich dann von Peter trennen? Gerade jetzt nach dem Urlaub, wo ich anfange, mehr in ihm zu sehen als nur den sympathischen Freund meiner Mutter. Ich habe dort angefangen uns als richtige kleine Familie zu sehen. Bestimmt wäre es auch in Papas Sinn, wenn ich in Peter einen neuen Vater finde. Gestern war ich sogar kurz davor, ihn Papa zu nennen.«

»Wie bitte? Sag das noch mal! Ist das wirklich wahr?«

»Ehrenwort, Mutti. Außerdem muss ich dir jetzt endlich

mal erklären, dass ausschließlich ich daran schuld bin, dass gestern alles so gekommen ist. Wenn ich nicht andauernd von Peter und Stefan gefordert hätte, noch eine Minute zu bleiben, wären wir längst weg gewesen, als der Tumult losging.«

»Ist das alles auch wirklich wahr?«, fragte Annika noch einmal und ließ offen, ob sie Svens Gefühle für Peter oder die Ereignisse des Vortags meinte.

»Ja, Mutti, Peter hat mich nachdrücklich gebeten, das Auto nicht zu verlassen, und Stefan hat, als er ausstieg, sogar noch die Kindersicherung einrasten lassen. Ich hätte also, wenn ich rausgewollt hätte, über die Vordersitze steigen müssen. Aber ich wollte sowieso nicht raus. Ich wollte nur sehen, wie dieser Arsch abgeführt wird. – Bitte, Mutti, lass uns hierbleiben.«

»Auch wenn ich dir glaube, dass alles so war, wie du gesagt hast, muss ich trotzdem mit Peter unter vier Augen ein ernstes Wörtchen reden. Aber ich verspreche dir, dass noch nichts entschieden ist, und wenn Peter sich einsichtig zeigt …«

»Mach das, aber bitte bald. Die Unsicherheit ist kaum auszuhalten.«

»Gleich nachher, nach dem Duschen. Aber nach dieser Nacht muss ich erst mal unter die Brause. Ich bin völlig durchgeschwitzt.«

Da hatte der Junge doch glatt das beste Argument gebraucht, um sie milde zu stimmen, dachte sie, als sie wenige Minuten später das warme Wasser auf ihrer Haut spürte. Auch wenn sie Peter noch so sehr liebte, hätte das vermutlich nicht ausgereicht, um ihren Entschluss noch zu kippen. Aber da Sven in ihm fast schon einen Vater sah, wollte sie Peter noch eine Chance geben. Aber er würde sich ihre

Argumente nicht nur anhören, sondern sie in Zukunft auch beherzigen müssen.

Da sie nun wusste, wie sie sich verhalten sollte, zog sie sich in Windeseile an und ging die Treppe hinunter ins Erdgeschoss.

Peter, der gerade aus der Küche kam, sah sie erwartungsvoll an und sagte: »Ich habe Frühstück gemacht, kommst du in die Küche?«

Sven, der bereits gefrühstückt hatte, legte Peter beim Hinausgehen fast unmerklich die Hand auf den Arm und zwinkerte seiner Mutter zu, dann stieg er die Holztreppe zu seinem Zimmer hinauf.

Hoffentlich erwartet der Junge nicht zu viel, dachte Annika noch, da sagte Peter auch schon: »Komm, setz dich, ich habe dir schon Kaffee eingeschenkt, und dann reden wir.«

»Das ist auch unbedingt nötig«, sagte Annika und begann ihren Standpunkt darzulegen.

Peter hörte ihr nicht nur so geduldig zu wie schon lange nicht mehr, er akzeptierte ihre klaren Regeln klaglos. So verlangte sie, dass Sven nur noch mit ihrer Genehmigung Peters Arbeitszimmer oder die Räume der Detektei betreten durfte und dass keine Fälle mehr im Beisein von Sven besprochen wurden.

»Außerdem musst du auch mal hart bleiben, wenn er zu quengeln anfängt. Er weiß ganz genau, dass du dann nachgibst, und das geht gar nicht.«

Als Peter nur stumm nickte und kein Wort sprach, fragte sie: »Hast du mich verstanden?«

Da stand Peter auf, trat zu ihr hinüber, zog sie zu sich heran, küsste sie leidenschaftlich und sagte: »Ich tue alles, wenn du nur bei mir bleibst.«

»Das werde ich, denn ich liebe dich so sehr, dass ich für immer mit dir zusammenbleiben will.«

Dann geschah etwas, das Annika nicht für möglich gehalten hatte: Dem Mann, den sie noch niemals hatte weinen sehen, standen die Tränen in den Augen.

Stotternd vor Rührung sagte er: »Was … was hältst du davon, wenn … wenn wir an Weihnachten unsere Verlobung bekanntgeben?«

»Okay«, sagte sie munter, »und Ostern wird geheiratet.«

»Nicht nur das. Wenn ihr beide zustimmt, möchte ich Sven gern adoptieren.«

Einige Tage später war die Stimmung auch im Hause Mergentheimer wieder besser. Claus hatte, da er noch zwei Wochen krankgeschrieben war, viel Zeit gehabt, nachzudenken und hatte eingesehen, dass er seiner Frau in den letzten Jahren sehr viel Kummer und Verdruss bereitet hatte. Ihm war zwar noch nicht klar, wie er allen gerecht werden sollte, denn er war mit Leib und Seele Kriminalhauptkommissar und ermittelte am liebsten vor Ort. Er sah aber auch ein, dass seine Frau mit den Nerven am Ende war, und dachte ernsthaft darüber nach, seine Beamtenstelle bei der Kripo aufzugeben. Aber was sollte er dann tun? Frühpensionär spielen? Keinesfalls. Beim Ordnungsamt als Aushilfs-Politesse anfangen? Auch nicht besser. Bei Peter und Stefan mit einsteigen? Liebend gern, aber die beiden hatten auch oft genug brisante Fälle zu bearbeiten. Sollte er immer, wenn es brenzlig wurde, sagen: Macht ihr das mal? Wohl kaum.

Er hatte keine Ahnung, wie er aus diesem Dilemma herauskommen sollte, ohne Schuchheims Drängen nachzugeben und sein Nachfolger als Kriminalrat zu werden. Er wusste nur, dass ihm seine Steffi sehr wichtig und es sein Job war, ihren Seelenfrieden wiederherzustellen.

Einige Wochen waren vergangen. Die Einladungen für die Verlobungsfeier waren verschickt, und Weihnachten stand vor der Tür. Drei Tage vor dem Heiligen Abend ging der Prozess gegen Carsten Röber zu Ende, und er endete, wie hätte es anders sein können, mit einer Verurteilung zu lebenslanger Haft. Dass er, kaum in Haft, angefangen hatte zu singen wie ein Kanarienvogel und das Gericht ihm glaubte, dass die getötete Ilona Stürmer die treibende Kraft des Ganzen gewesen war, bewahrte ihn davor, dass die besondere Schwere der Schuld festgestellt wurde, wie der Staatsanwalt und auch der Nebenkläger Alex Stürmer es gefordert hatten.

Aber nicht nur Ilonas Familie verfolgte den Prozess mit großem Interesse, auch die Presse und das Fernsehen waren wochenlang voll davon. Alle, selbst ihre Angehörigen, hatten sich auf Ilona als Haupttäterin eingeschossen.

Das Ganze gipfelte schließlich in einer Schlagzeile, die in einer bekannten Boulevardzeitung zu lesen stand: *Manchmal ist das Leben gerechter, als es ein Richter je sein dürfte.*

Zu guter Letzt hatte Martin Stürmer, Alex' Vater, sich mit der Detektivagentur ST-W in Verbindung gesetzt. Seinem Sohn war es nicht mehr gelungen, die beiden Detektive vor Lösung des Falles zu kontaktieren. Auch hatte er im Prozess erst erfahren, wie stark die beiden und Sven in den Fall involviert gewesen waren.

Deshalb engagierte er sie quasi im Nachhinein und ließ ihnen zum Dank ein fürstliches Honorar zukommen. Peter, Stefan und Sven teilten die Summe gerecht auf, und die beiden Detektive legten ihren Anteil in einem Konto für Sven an, über das er ab seinem sechzehnten Geburtstag verfügen konnte.

ENDE

Nachtrag:

Wie immer haben wir das Umfeld einiger Schauplätze (z. B. Ereignis- oder Tatorte in Privatwohnungen) so realistisch wie möglich geschildert, die Orte selbst aber so verfremdet, dass sie nicht mit den realen Gegebenheiten übereinstimmen. Sollte es jedoch trotzdem einmal vorkommen, dass jemand sein Haus, seine Wohnung oder sein Grundstück wiederzuerkennen glaubt, so versichern wir Ihnen, dass dies auf einem Zufall beruht und keinesfalls unserer Absicht entspringt.